明智卿死体検分

小森　収

その骸は、四阿いっぱいの雪に埋もれていた。魔術による殺人と思われたが、なぜ犯人はこんな奇妙な手段で殺したのか。事件関係者は、調略に長けた軍人や京を牛耳る待徒一族、魔術の才を持つ近衛将曹ら、一癖も二癖もある人物ばかり。魔術を行使して人を殺めると、その証が術者の相貌に顕われるが、関係者にその気配はない。では、誰がなぜ、この異様な殺人を為し遂げたのか？　“雪密室”を調査するのは、権刑部卿・明智小壱郎光秀と陰陽師・安倍天晴。『短編ミステリの二百年』で日本推理作家協会賞＆本格ミステリ大賞を制した著者が、魔術が存在する“日の本”を舞台に贈る傑作長編。

登場人物

明智小壱郎光秀……織田家家臣。権刑部卿
安倍天晴……公家出身の上級陰陽師。マスター魔術師
鹿島田将曹……近衛府蒲生分隊所属の侍。タレントの持ち主
本多大佐……征夷大将軍付統合参謀本部の侍
針剣山……蒲生邸付侍従
賀茂短命……蒲生邸付次侍従。中級陰陽師
三条兼見……蒲生邸付次侍従
畜兵衛……作男
畜一……畜兵衛の父。作男
小春……畜一の妻。飯炊き女
てい……飯炊き女
なつめ……井伊家縁者。鷹匠見習い
りく……ていの母
清吉……鷹匠

明智卿死体検分

小森　収

創元推理文庫

FIND THE ONMYOUJI / TOO MANY ONMYOUJIS

by

Osamu Komori

2022

目次

明智卿死体検分

愛読していた月刊漫画雑誌が廃刊になり、手持ち無沙汰にしていた私を見て「怪盗ルパンでも読んでみたら」と、つい口をすべらせた私の姉に。

——それから半世紀以上経って、この体たらく。

作者敬白――蛇の前足

本文を読めばお分かりの方が大半だとは思うが、この小説はランドル・ギャレットというアメリカの作家が書いた、ダーシー卿とマスター・ショーンのシリーズ（『魔術師が多すぎる』など）から、インスパイアされている。より正確に言えば、そのシリーズで描かれたヨーロッパが、科学ではなく、魔術によって文明が成り立っているとき、極東の島国はいったいどのようなことになっているのか、想像をめぐらせたものだ。厳密には、ダーシー卿と明智(あけち)卿は同時代人ではなく、祖父と孫ほどの年齢差がある。しかし、そうしたダーシー卿に関することをまったくご存じなくても、この小説を読むうえで、なんの障害にもならないであろう。

明智卿死体検分

Find the Onmyouji

1　安倍（あべ）姓の陰陽師（おんみようじ）にしては珍しい名前

　国境の短かいトンネルを抜けても、そこに雪の降っている気配はなかった。むしろ、陽ざしが眩（まぶ）しい。小壱郎（こいちろう）は思わずつぶやいていた。

「どこが雪やの？」

　向かいの座席の男が、わずかに微笑（ほほえ）みながら、言葉を返した。もっとも、宗十郎頭巾（そうじゅうろうずきん）にかくれて微笑は見えない。

「古歌にも申しますよ。富士の高嶺（たかね）に雪は降りける、と」

　そして、車窓から見上げるように視線を移したが、雪をいただく山は見えない。即座に笑いながらつけ足した。

「見えませんな」

　小壱郎もつられて笑った。安土（あづち）からの道中、初対面の硬さがあったものが、いささかの雪どけをみたようだった。向かいの男は、初めて組む相手だった。座っていても、頭ひとつ小壱郎より高い。細い眼をさらに細め、その動きだけで笑顔を作ってみせた。術師には珍しい洋装だ。踝（くるぶし）まである袖なし外套（クローケ）も、肩にかけたケープも、光沢を帯びて黒い。一昨年来世界中を襲っている奔馬性肺壊疽（ほんばせいはいえそ）のため、口元は覆っているが、宗十郎頭巾なのは、珍しい。恰好はどうあれ、これまでの経験から、寮が送り込む術師の腕前が信頼できることは分かっている。だから、術師の指名を、小壱郎はしたことがなかった。小壱郎自身、裃（かみしも）を着けているわけではない。小ぶりな襞襟（ラッフル）、袖口がレースの筒袖という兄目（あにめ）羽織に、袴は裾を絞った西洋風の折衷（せっちゅう）ばさらだ。山吹色の元結が黒い髪に映える。侍はたいてい剛健な軍隊面貌布（マスク）だが、小壱郎のそれは藍の絹糸で周囲に刺繍（ししゅう）を施している。

　列車はさらにしばらく走って、突然停まった。駅ではない。小壱郎は窓外に首を出した。信号もなく、なぜ停まったのか分からない。そこへ三輛編成の最後部から、ふたりの乗っている先頭車輛へと騒がしく駈け込んできた一団があった。

「臨検。臨検」

　声高に叫ぶ。さして混んではいない車中が、少々ざわついた。衛士（えじ）の制服はまぎらわしい。着崩れ汚れてもいた。だが、見るべきところを知る者が見れば、どこの衛士か判断するのは容易（たやす）い。うすうす予想していたことでもあった。小壱郎の顔つきがわずかに硬くなった。一団の兵士たちは、小壱郎たちのところで立ち止まった。全員が軍隊面貌布（マスク）で顔の下半分を覆っている。先頭にいる隊長らしき男が、手にした書状とふたりを見比べ、敬礼すると、一息で言った。

「近衛（このえ）府（ふ）蒲生（がもう）分隊、鹿島田（かしまだ）将曹（しょうそう）であります。失礼ながら、織田（おだ）家家臣、明智越前守（あけちえちぜんのかみ）様御一行とお見受けいたしました。命令により、お迎えにあがりました」

近衛将曹は軍の佐官に相当する現場の指揮官だが、京の近衛ではないので、尉官格かもしれなかった。小壱郎は、近衛の一語に気をとられた。すでに気づいていたことだったが、それでも返答が遅れた。その隙に素早く答えたのは向かいの男だった。

「無礼なるぞ、将曹。明智殿は勅状をお持ちだ。刑部卿として捜査にあたろうというお方を、越前守呼ばわりは非礼にあたろう」

叱責に近い口調だった。だが、目が笑っているようでもあり、小壱郎は、この男どこまで本気で怒っているのだろうかと考えた。

「まあまあ、そう、とんがりなや」

小壱郎は穏やかに口をはさんだ。鹿島田将曹は顔面を朱に染めている。

「こちらの将曹さんだって、呼び名には困ったろうよ。もちろん、拙者は勅命を拝してやって来た。けれど、いま将軍職におわすのが徳川様なことに変わりはない。となると、刑部卿は法水だ。明智も金田一も、本来はお呼びじゃない。それが、ものの道理というものや。確かに、こっちも刑部卿――とはいえ、権の一字がついている。へたに権刑部卿と官職で呼んで、皮肉と取られても面白くなかろうさ。将曹さんにとって、拙者は単なる織田家の家臣。で、越前守に任ぜられている明智小壱郎。それで間違いのあろうはずがない。そう。確かに、明智小壱郎光秀は、この私だ。犯行現場には案内の者を遣わすと言われているが、それは将曹さんのことかい？」

小壱郎はニヤリと少々露悪的に笑ってみせた。近衛府蒲生分隊将曹は素直な質(たち)なのか、うなずきながら、ほっとした表情を隠さない。

「ときに」

小壱郎は向かいの術師の顔をうかがった。

（この男は聞き落としたのか、それとも、気づかないふりをしているのか？）

「近衛将曹と言ったな。ということは、私たちが案内される事件現場というのは……」

「はい。菊の御料所(ごりょうしょ)にございます」

小壱郎は、素早く長身の男を盗み見た。頭巾の陰でも分かるほど、唇の隅が持ち上がり、先ほどとは別の動きで笑みを浮かべてみせていた。

（気づいとったな）

食えない男だ。そう感じながらも、小壱郎はこの術師に好感を抱いた。

（天晴(てんせい)と名乗っていたな）

安倍(あべ)姓の陰陽師(おんみょうじ)にしては珍しい名前だった。

2　ソルボンヌでマスター魔術師の資格を取っております

駅どころか、信号すらないところで列車を下りると、牛車（ぎっしゃ）が待ち受けていた。

「いまどき、都でも乗りませんよ」

天晴はあきれかえったが、小壱郎は、苦笑まじりにとりなした。

「鄙（ひな）には鄙の、都合いうものがあんのや」

鹿島田将曹が牛童（うしわらべ）に気を取られているのを確かめると、天晴の耳元で囁（ささや）いた。

「御料所（ごりようしょ）があるからには、用達（ようたし）の商人を近在で見つけねばならん。しかしな、田舎の御料所では、そうそう物入りもない。御用達だからといって、商売の足しにならぬこともある。そうなると、出入りの商人を繋ぎとめておくものがいる。そこで、来客は牛車にて罷（まか）り越すことと布令（ふれ）ておく。こんなところに牛車などあるはずがない。一台持たせて貸し出させては、金を落とさせる。という仕組みさ」

行く手には小高い山が見えるが、高峰というほどではない。雪を頂いてもいなかった。

牛車は対面の四人乗り。小壱郎は、進行方向に顔を向け、奥の席に座り、左隣りに天晴を、向かいに鹿島田将曹を見ていた。

「このあたりの菊の御料所というと……」

しばらく乗っていそうな気配なので、明智は予備知識を得ておくことにした。鹿島田将曹は、ためらうでもなく答えた。

「蒲生の御用邸であります」

小壱郎は聞き覚えがあった。蒲生邸事件か。と何気なく考えていると、天晴が口をはさんだ。

「東の宮がことのほか好まれた御用邸ではなかったか？」

「左様です。年の大半を、京ではなくここでお過ごしで……ただ、その……ここのところは少し……」

鹿島田は段々と口ごもっていった。

「将曹は、御用邸詰めなのか」という天晴の問いに、鹿島田は「はい」と短かく答えた。

天晴は、自分が京からここまでやって来た道のりを、振り返ってみた。安土に寄り、小壱郎に勅状を渡すなどした時間を除いても、名護屋までシックスアワーズ弱。そこからワンアワー強。下車した地点までは、直行しても京からはシックスアワーズを軽く超えてしまう。牛車の進む平野はもっぱら田畑で、御用邸らしきものは見えない。おそらく目の前の山の中腹あたりだろう。そうであるなら、牛車に乗るのもワンアワーは下るまい。それでも、つい二年ほど前に、イスラム渡りの蒸気機関による鉄道が小田原まで開通したから、その日のうちに到着することが可能になったのだ。上級陰陽師の手でも借りないかぎり、おいそれと京から訪ねられる土地とは思えなかった。

「蒲生邸は遠きにありて思うもの、か」

そう呟いていた。

「ふふふ。面白いことを言う。……で、犯行現場は、御料地のどこだ。まさか、邸内ということはあるまいな」

小壱郎は直截(ちょくせつ)に訊ねる。

「邸内と言えば邸内ですが、お邸(やしき)はずいぶんと坂を上ります。そこへ到る途中に、四阿(あずまや)がございまして、そこであります。お邸からは、四半里（一里は大人の足で一時間歩いた距離。約四キロ）ほど下ります」

しばらくして、牛車は急な坂を登り始めた。山道に入って木陰が増えたところに、日暮れが重なった。あたりがみるみる暗くなっていく。

「四阿までは、あと、どのくらいだ」

「もう、まもなくです」

「先にそこを見てしまおう。闇夜になってしまってはかなわん。それとも、参上つかまつらねばならぬ向きがお待ちか？」

「いえ、そのようなことは……」

言うより早く、牛車が止まった。衛士たちが牛をはずし、そのうちのひとりが外から扉を開く。いまどき珍しい牛車の、しかも旧式の構造だ。鹿島田将曹を先頭に、三人は車を下りた。薄暮に目が慣れない。小壱郎には、人がふたり並んで通れるほどの石畳の坂が、木立の合間に脇道として切ってあるのが、かろうじて分かった。衛士のひとりが、カンテラを灯し、ようやく坂の先が見通せた。

「ここを登ることになります」

そう言うと、鹿島田は先に立って歩き始めた。石畳は蛇行していたので、行く先が分かりづらかったが、すぐにひょいと回り込むと、目の前に四阿が立ちふさがっていた。鹿島田がカンテラを掲げる。

「ここです。一応、封をしています」

小壱郎が天晴を見やると、小さくうなずいた。確かに術によって封じられているようだ。四阿とはいうものの、柱のあたりには漆喰の壁があり、暗闇の中で白い。ちょっと見は窓も入り口もないかのようだった。鹿島田が、掲げたカンテラで、壁の一部分を指し示した。無言だったが、すぐに何を見せたかったかは分かった。人が楽に通れそうな入り口が確かにあるのだが、漆喰とは別の白いもので、そこは塞がれていた。触れるまでもなく、それが雪なのは、明らかだった。小壱郎は一歩下がって、四阿を見渡した。月明りとカンテラで青白く照らされたそれは、確かに、ぎっしりと詰まった雪でいっぱいだった。鹿島田がもう一度カンテラを動かした。今度は足許だ。四阿に詰まった雪から、人の右手がゆるく握られたまま突き出ていた。

「雲隠れならぬ雪隠れ……。これが本当の雪隠(せっちん)詰めか」

小壱郎は呟いた。天晴が小さく笑った。しゃれが通じたらしい。

「解きますか？」

天晴が訊ねた。

「いや、それは明日でよかろう。封をした陰陽師は上級か？」

後半は鹿島田に言った。将曹は狼狽(ろうばい)の色を見せたが、すぐに「いいえ」とだけ答えた。

小壱郎は、天晴をふり返る。

「では、いまかかっている封ごと上掛けしておいてくれないか。万一のことがある」

天晴はうなずくと、バッと音をたてて袖なし外套(クローク)を脱いだ。洋装の下は、袍(ほう)に指貫(さしぬき)の装束で、どこから取り出したのか小ぶりの冠まで、いつのまにか被っている。

「こいつは驚いたね」と小壱郎が冷やかすと、にこりともせず「仕事着でございます」と答えた。右手で印をむすぶ。

「確かに。気(き)失(う)せの封がかかっております」

天晴は小さく呪文を呟いた。しばし沈黙が支配したあと、印を解く。

「ほかにはございますか？」

小壱郎は小考した。

「いや、あとは明日でよいだろう。腹がへったよ。天晴殿はどうだ。将曹、なにか食わせてはもらえるのだろうな？」

すぐに小壱郎がくだけた調子に戻ったものの、一度狼狽した鹿島田の態度は、治まりがつかなかった。牛車に戻ったあとも顔を青くしたままうつむいている。

（正直な男だ。しかし、何にうろたえているのだろう）

天晴はケープの胸元を締めながら考えた。ギルドが支配し装束に厳格な西洋の魔術師とは異なり、陰陽師の等級など、見た目で分かるものではない。封にしても、素人目には、かかっているのか、いないのかさえ、区別がつかない。まして、封印の等級は、天晴でさえ見ただけでは分からない。術をかけようとして、初めて察知できることだ。

「天晴殿。封印は、上級中級初級と、はっきり違うものですか」

小壱郎が口を開いた。

「もちろんです。上位者の封じたものを下位の術師が解くことは、まず不可能です。ご承知のとおり、日の本では、陰陽師の等級は、陰陽寮に属した術師にしか与えられません。街場の陰陽師は、無鑑査の術師として一括されます。ただ、実力は、初級相当、中級相当、上級相当と区分できます」

「無鑑査の陰陽師。そのような者がおるのか」

「ございますよ。織田様も抱えておいでしょう、陰陽師を。将軍三家ならば、抱える陰陽師にも、上級相当がおりましょうよ。奨励会で三段まで行った者とか、いや、それより、どう見ても四段確実とか、末は上級間違いなしというのを、級位者のころに奨励会から引き抜きますな。ただし、どんなに才能があっても、修行を積むことなしに上級者にはなれませぬ。街場の陰陽師で上級というのは、よほど頭抜けたタレントと研鑽がなければ、難しゅうございましょう。実際のところは、将軍三家かそれに比肩する大大名、あるいは堺あたりの大富豪の庇護がなければ、上級にはなれますまい」

「奨励会というと？」

小壱郎が重ねて訊ねた。天晴は眉根を寄せた。確かに、陰陽師のことは、誤解も多く、世に正しく伝わっているとは言いがたいことも多かった。しかし、小壱郎はずぶの素人ではない。世が世なら刑部卿。事実、今回のように陰陽師と仕事で組むのも珍しくないはずだ。

「陰陽寮は、陰陽博士の下に、術師の養成機関を持っております。それを奨励会と申します。そこで昇級昇段を果たしていきまして、晴れて四段で奨励会を卒業して、陰陽寮の所属となって、中級陰陽師となります。この段階、もしくは、それ以前に任官を拒否すれば、無鑑査の陰陽師となります……しかし、明智殿。失礼ながら、明智殿ならば、藩の大学で魔術概論が必修のはずでございましょう？　この程度のことは、教本の第一章に書いてございます」

いきなり小壱郎が大笑した。天晴のみならず、鹿島田将曹まで青い顔をあげて小壱郎を見た。

「すまぬ、天晴。魔術概論は一度も出席しなかった。確か、レポートで済ませられたのではなかったかな。それも代筆を頼んで。それとも、出席だけで目録がいただけて、授業中は寝ていたか。どっちにせよ、初耳だ。実を申せば、いまのそなたの説明を聞いて、ちゃんと講義を受けとけばよかったと後悔しておるところなのだ。しかし、おかしくはないか？　陰陽術についての学問であろう？　それが魔術概論なのか」

天晴は苦笑を禁じえなかった。それに、そんな天晴の態度を、小壱郎はいっこうに気にする気配がなかった。

「特段に区別したい場合以外、学術的には、洋の東西を問わず、『魔術』の語で総称します。英仏語ではMagicでありMagicianです。中村正三の変換プログラム、俗にいう中村言語が出て以来、術のトランスレイションが、飛躍的に進歩いたしましたから。かく申す私も、実は、ソルボンヌでマスター魔術師の資格を取っております……帰国子女なんですよ」

天晴はいたずらっぽく笑ってみせる。

「なんと……しかし、さいぜん、奨励会を卒業しないと無鑑査の陰陽師だと、言ってはいなかったか？」

「帰国して、三段で奨励会に編入しました。三段リーグは一期で抜けて、四段になりました。すでに、マスター魔術師、日の本流に言えば、上級陰陽師相当でしたから」

「驚いたな。そういう陰陽師がおんのや。ということは、英仏帝国には長く住んでいたのかな」

「ええ。もっぱら大陸の方でしたが……あーっ」

今度は、小壱郎と鹿島田が、天晴の大声に驚かされる番だった。

「思い出しました。明智小壱郎殿。数年前、英仏帝国の刑部省の視察に派遣されて、その見聞記を瓦版（かわら）にお書きになられていたでしょう。道理でお名前に憶えがあると……待ってください。確か、あの時、お名は明智若狭守（わかさのかみ）様だったと……」

「あの後、織田の領内で人事異動（くにがえ）があってな。しかし、あんなものが読まれていたとは」

小壱郎の顔が赤らんだ。

「興味深く。ダーシー卿にお会いになったとか」

「マスター・ショーンにもな。卿は老齢ではあったが、まだまだしっかりしておいでで。……いや、しかし、まいった」

「陰陽寮で、あの見聞記を読まぬ者はおりませんよ。その日のうちに回覧しておりました」

そう天晴が言ったところで、牛車が止まった。紗幕越しに見える蒲生御用邸の建物は、黒々として、両翼はさながら広げた蝙蝠の羽根のようだった。

3　そんなところには任せられない案件

御用邸は洋館だった。玄関に直垂姿の長身の男がふたりいたが、目礼しただけで無言だった。清めののちに、広間に案内される。まず、各々の部屋で旅装を解いていただきますと、鹿島田将曹が言い終わらぬうちに、奥から「到着したのか」という大声とともに、軍隊面貌布に衛士の正装をした壮年の男が現われた。近衛ではなかった。肩章に緋色の線が三本、星が三つ並んでいる。大佐だ。見たところ三十代。その年齢で大佐。それ以上に、尊大さを隠そうともしない態度は、徳川武士団でもかなりの中枢にいるか、あるいは兵部省へ出向している人間かもしれない。小壱郎はそう考えた。根拠のないヤマカンだったが、兵部省の人間ではないような気がした。いずれにせよエリート武士だ。

鹿島田将曹一同、小壱郎たちを案内した近衛兵たちが、一斉に飛び跳ねるように踵を合わせると、敬礼した。その前を、鷹揚に答礼して見せながら、件の大佐はゆっくり歩んだ。そして、小壱郎と天晴の前に来ると足を止めた。

「勅状はお持ちか？」

大佐は小壱郎に向かって言った。小壱郎は黙ってうなずいた。

「お見せねがいたい」

小壱郎は懐から勅状を取り出した。

「封は？」

「解かねば、読めますまい？」

大佐はかすかに声を出して笑うと、勅状を受け取り改めた。

「確かに。明智卿、よく、お出でくださいました。征夷大将軍付統合参謀本部。本多大佐です」

「統合参謀本部？」

小壱郎は思わず口に出していた。

「これは、また……たいへんなところからお出でになった方がいたものだ」

軽口めいた小壱郎の言葉を、本多大佐は意に介さなかった。

「まずは、お部屋に案内します。犯行現場は少々離れておりますから、明朝、お連れいたします」

「なに？」

「来る途中で、見るだけは見ておいた」

本多はすぐに鹿島田に目をやった。将曹は顔を伏せている。

「なにか、まずかったかな」

小壱郎は言った。いくぶん無邪気を装っている。

「……いや」

大佐はそれ以上何も言わなかったが、苦々しげな表情を隠そうともしない。

「ときに大佐、なにか食べるものはないかな?」


ふたりにあてがわれた部屋は隣り合っていた。二階の中央階段にほど近い。行李(こうり)をクローゼットに放り込むと、小壱郎は隣室をノックして、同時に名のった。中では、天晴がすでにパジャマに着替えていた。

「ちょっと、いいかい」

天晴はうろたえた。目上の小壱郎の方からやって来るなど、本来ありえない。しかも本人がいきなりだ。どうすればいいか分からぬうちに、腰だけをわずかに浮かせた。小壱郎はいささか意地の悪い笑みを浮かべて、天晴を見ている。

「ま、楽に。楽に。座ってもいいか」

小壱郎はベッドサイドの椅子を手で示した。

「もちろんです。すみません。気づきませんで……」

「ふふ。天晴殿も慌てることがおありと分かって安心した」

「また、そのようなことを……」

天晴は小鬢に手をやって、言葉を探した。

「……お聞きになりましたか」

小壱郎に向かい合うように、ベッドに腰かけながら、天晴が言った。

「私たちが食事をしているあいだに、鹿島田将曹が本多大佐に叱責されてましたね」

「そうなのか？」

天晴はうなずいた。

「一足先に私が部屋に戻るとき、広間で声がしました。どうも、事件現場に寄ったのが、お気に召さなかったようです」

「なぜだろう。どうせ、明日の朝には見せることになるはずやのに」

小壱郎は呟き、小さく息を吐いて考えに沈んだ。しかし、すぐに天晴に視線を戻した。

「陰陽術について、私が無知なのは、さっきのとおりだ。その上で教えてほしいのだが……確か、術師でなくても行える術というものがあって、それが雪崩を起こす方法だと聞いたことがある。本当なのか？」

天晴は、まず、うなずいた。

「大ナダレ定石ですね」

「それは……たとえば、やり方を知っていれば、私にも出来るということなのかい？」

天晴は立ち上がった。

「そのご説明は長くなります。珈琲でもお飲みになりませんか」

そう言って、珈琲急須（ポット）から珈琲茶碗（カップ）ふたつに注いだ。小壱郎の部屋にはなかったから、持ってこさせたもののようだった。陰陽師は一般的に——とりわけ仕事中に——飲酒はしない。しかし、珈琲を嗜（たしな）む者は多い。天晴は珈琲茶碗を両の掌（てのひら）で包み込むように抱えて、ベッドに腰をおろした。

「いまから三十五年ほど前に、黒田（くろだ）藩の数学者で理論魔術学者の中村正三（しょうざ）が、魔術をプログラミング言語化してみせました。おかげで洋の東西過去未来を問わず、魔術の互換性が高まりました。その程度のことはご存じですね。……しかし、もとはと言えば、タレントのない人間にも魔術は可能かというのが、正三の問題意識でした。それは可能で、また、実際に彼はそれをやってみせたので、史上初めて、そして、いまのところ唯一の、タレントがまったくない人間によるノーブル魔術学賞の受賞者となりました。ただし、その本当のところは、案外、正確には伝わっていません。中村正三が実際にやってみせたのは、厚さ〇・一粍（ミリ）で一糎（センチ）四方の金属片を、五粍ほど動かしたことだけです。移動の術ですが、初級魔術師でも、鼻歌まじりでやりますし、そもそも、普通の人が魔術など使わなくても出来ることです。それ以外の魔術は、実現していません」

小壱郎には初耳だった。

「しかし、では、雪崩も起こせるという話は、何なんだ？」

「実現はしていないけれど、プログラムは出来ていて、それが実現可能と証明されているものが、いくつもあるのです。中村正三以降、世界中でおびただしい数のプログラマが、開発しましたからね。ただし、たいていのプログラムは、金属片を動かすといった簡単なもので、唯一、中級魔術師以上でなければ行えないような術で、証明が完了しているのが、大ナダレ定石と言われているものです。しかし、これを実行しようとすると、途方もない条件の整備が必要です。気温湿度大気の状態その他諸々。あらゆることを観測制御した上で、呪文をプログラム言語化したものを実行しなければなりません。陰陽師なら全体的にひとつの術として司（つかさど）ることを、ひとつひとつ解析して実行していくのですから、それは面倒なことになります。確か、理論的には、一立方米（メートル）つまり約六石（こく）の雪を、任意の方向へ一米、三尺あまり移動させることが出来たはずです。上手くいけば一回で、そうでなくても、ある程度連続して実行すれば、雪崩も起きましょうよ」

　小壱郎は、あんぐりと口を開けていたが、ようやく言葉を発した。

「魔術のプログラミングというのは、そんな程度のことだったのか？」

「そうですよ。だから、いまだに、私たちは飯の食い上げになっていない。……もっとも、そんな程度というのは、言葉が過ぎましょう。中村正三のノーブル賞受賞理由も、一番は、魔術のプログラミング言語の完成によって、魔術の互換性を高めたという点です。タレントのない人間による施術は、歴史的事件ではあっても、専門的にはあまり重視されていません。けれど、世界中のあらゆる魔術が交流し、比較検討できるようになったのは、中村言語のおかげです。あのプログラミング言語を現実に使っているのは、もっぱらタレントのある人間ばかりですよ」

「ふむ、よく分かった。ということは、やはり術師の仕業ということになるのだろうな」

小壱郎は珈琲を飲みほした。立ち上がろうとするところで、天晴が押しとどめるように口を開いた。

「かりに、大ナダレ定石を実際に行える者がいたとしても、その者が大ナダレ定石で起こした犯行ではありえません」

「なに？」

「明智卿。大ナダレ定石とは、移動の術。雪を動かす魔術、雪崩を起こす陰陽術です。そんなものを使えば、どうなりましょう？」

小壱郎の顔つきは、天晴がなにを言っているのか分からないかのようだった。

「あの四阿(あずまや)は雪で押しつぶされてしまいますよ」

しばしの沈黙ののち、小壱郎は突然笑い出した。びっくりする天晴をしりめにひとしきり笑い、笑いながら言った。

「確かに、そのとおりだ。なんとね……当然そうだ」

そして、始まりと同様、突然笑いやめた。

「では、天晴。改めて問おう。あの四阿は、いかなる術で、あのような状態になったのだ?」

「ふたつ方法がございます。まず、簡単な方は、術そのものは、中級陰陽師でもやりおおせましょう。吹雪の術で、他の場所にある雪を吹きよせ集めることで四阿を満たします。吹雪の術と名づけられてはおりますが、そうした軽量のものを吹きよせる術ということで、雪には限りません。ただし、この術は、動かせるものの重さには、限りがあります。目安としては、風に飛ばされぬものは動かせません。しかも、嵩と、動かす距離が大きくなるにしたがって、施術が難しくなります。見たところ、多量の雪は近くにありませんので、かなり遠く、あそこからは見えぬような場所の雪を吹きよせねばなりません。嵩も多い。まあ、嵩はなんとかなりましょうが、ありかが見えないというのは、施術上の難しさを大きくしております。実際のところは、中級陰陽師の手にはあまりましょう。いまひとつの方法は、なかなか難しゅうございます。四阿の中で雪を降らせるのです。部屋が雪で満ちるまで」

「四阿の中で雪を降らせる?」

小壱郎は、いかにも不思議そうに鸚鵡返しをした。

「左様。変成の術の応用でございます。雪というのは、気の中の水が形を変えたもの。四阿の中の気に含まれる水を雪の形に変えてやればよろしい。密閉した部屋なら、気中の水にも限りがありましょうが、四阿はご存じのとおり吹きさらし同然。湿り気を含んだ空気が、周囲から流れ込むかぎり、雪を降らせることが出来まする。ただし、こちらの術は、上級陰陽師でなければ、絶対に無理です」

「どちらの術でそうなったのか、あの四阿の雪の由来が、天晴には分かるのか？」

「四阿で調べれば分かります。明日ご覧にいれましょう」

「わかった」

満足そうな表情で、小壱郎は立ち上がろうとした。そこに天晴が声をかけた。

「明智卿。私からもお尋ねしたいことがございます」

「なんだ」

小壱郎は椅子に座りなおした。

「私は公家の出で、安土より東へ下るのも此度が初めてです。政も武家のことも分かりません。しかし、天子様の守護たる近衛が、ここを守るためにいるのは分かりますが、参謀本部といえば将軍付武士団の中枢。そこの大佐が、なにゆえ菊の御料所の事件に首を突っ込むのか、どうしても腑に落ちません。そういうことは、よくあるのですか？」

言い終えながら、天晴は小壱郎の珈琲茶碗に珈琲を注ぎ足した。小壱郎は目礼して一口つけると、ゆっくり話し始めた。

「確かに、天子様の領内で武力を行使できるのは近衛だけだ。捜査の権だってあるから、簡単な事件なら調べもする。だが、普通は刑部省の者が捜査にあたる。御料所内なら、まず、刑部卿が陣頭指揮を執るだろうな。政は一般にそうだが、将軍三家のどこかに大命が降下して征夷大将軍に任ぜられると、それに伴って家臣が各省の長に就く。自分の家臣を引き連れて。この場合、侍ではあっても役職上は公家と同じになる。官職だからだ。拙者とて刑部卿……権の一字がついてるけどな」

小壱郎は片目を瞑ってみせた。天晴も薄く笑った。

「ところが、軍事だけはそうはいかん。侍の本職だからだ。将軍が自前の軍を率いることになる。もちろん、兵部省というものがあって兵部卿も要るので、そこに人を出すことになる。戦を始めるには詔がいるし、軍資金だの兵糧だのの調達や、場合によっちゃあ、他の将軍三家やその配下の大名から、金や手勢を出してもらうかもしれない。そうしたときの取次や談判があるから、戦もそれなりに出来て、ある程度の家格もないと兵部卿は務まらない。が、だからといって、本当に戦の強い奴を兵部卿に出すバカはいない。戦上手の侍大将は手許に、つまり参謀本部に置いておく。うちで言えば、兵部卿は上杉だが、参謀総長は真田になる。もっとも、縁組の好きな徳川は、家臣が松平と本多だらけだから、苗字だけでは分からない」

「あの大佐も本多でしたな」

「だろ？　とくに本多は武人が多い。兵部省や参謀本部では石を投げると本多に当たる。

で、あの大佐殿。どう見ても、齢（とし）は俺とおっつかっつだ。四十過ぎにはとても見えない。それで大佐ということは、毛並みも実力も相当なものだろうさ。しかし、それなら戦の起こりそうなところにいるはずだ。日（ひ）の本（もと）の内から戦が絶えて二百年。こんな田舎の御用邸に用のあるはずがない……普通ならな」

　小壱郎は珈琲を飲みほした。珈琲茶碗の内側に目をやったのち、顔を上げると、天晴が見つめていた。

「ひとつだけ、考えられる役職がある。近衛にも刑部省にも担当部署がない、というより、そんなところには任せられない案件を扱っていて、しかも捜査の必要があるもの……。参謀本部の攘夷処（じょういどころ）だ。異国相手の対調略（ちょうりゃく）活動だよ、あいつがやっているのは」

4　気失（きう）せの封

翌朝は急に冷え込んだ。小壱郎は白い息を吐きながら階下の食堂（じきどう）に降りる。洋館らしく西洋風のダイニングルームの、縦に長い洋卓（テーブル）で、天晴はすでに食後の珈琲を飲んでいた。はす向かいで鹿島田将曹が一汁二菜の質素な膳を、まさに食べ終えようとしている。小壱郎に気づくと天晴が「おはようございます」と声をかけてきた。

「和洋選べるようですよ」

「いらぬ。朝は食べないんだ……いや、珈琲だけ、もらおうかな」

すぐに将曹が席を立とうとした。小壱郎は押しとどめて、厨房らしき方へ足を運んだ。暖簾（のれん）をくぐると、飯炊きの女が、大きな身体を揺すりながら、あわてて駆け寄ってきた。

「いけません。お武家様が……」

自分の倍ほどの身幅の、その肩越しに小壱郎が奥をのぞき込む。割烹着（かっぽうぎ）の女がふたり、何事かという顔で、小壱郎の方に顔を向けている。やたら背の高い直垂（ひたたれ）姿の男がひとり、やはりびっくり顔で、あんぐり口をあけていた。

「珈琲もらえるかな。めしはいらんのや」

小壱郎の前に立ちはだかった大女が、何度もうなずきながら「珈琲ですね。かしこまりました」と早口で答えた。答えながら、小壱郎を押し戻した。

食堂に戻ると、天晴が苦笑している。

「いかに明智卿がざっくばらんなお人柄といえ、よそ様の厨房にいきなりは、相手も困りましょうよ」

「男子厨房に入るべからずは、日の本だけの風習かね」

「どうでしょう。そういえば、英仏帝国でも、私は厨房に入った憶えがありませんね。……しかし、ほれ、鹿島田殿がお困りですよ」

小壱郎が目を向けると、朝食を食べ終えたばかりの将曹は、真面目な顔で何度も首を横に振った。

「あはは。将曹殿は正直なので、拙者は好きだ。ときに、参謀閣下はどこにいらっしゃる？」

鹿島田将曹は、箸を置いて手を合わせてから、おもむろに答えた。

「明智卿をお部屋でお待ちです。支度が整い次第、四阿に案内するよう仰せつかっております」

「そうなのか、そりゃ、急がなきゃならんな」

小壱郎はそう言ったものの、天晴の席のひとつおいた隣り、やはり鹿島田とはす向かいになるように、洋卓につかいた。すぐに厨房から珈琲が運ばれてくる。

「これ一杯くらいは、大佐殿も怒らぬだろうよ」

小壱郎は、微笑むと、珈琲茶碗を持ち上げ香りをかいだ。

「ときに将曹。事件の概略を話してもらえないか。四阿の状況そのものは、一目で分かる態のものだ。慌てて検分するまでもない。それよりは、ここの状況を摑んでおきたい」

「かしこまりました。しかし、どこから話せばよいやら……」

「ここには、いま誰と誰の何人がいるのだ？」

「天子様も東宮様も、いまはおられません。……奔馬性肺壊疽のことがあってからは、こちらにはちょっと……もともと小さな御用邸ですので、使用人は多くありません。十名。留守中ですので、近衛が交代で六名ずつ警備にあたっていました。いまは非常召集をかけましたから、私を含めて分隊十二名全員が詰めています。それだけです」

「と、参謀大佐殿」

小壱郎がつけ加えると、将曹は当惑した表情になった。

「大佐殿は、昨日の未の刻（午後一時から三時の間）ごろ、明智卿より二刻（一刻は二時間）ほど早かったでしょうか、鎌倉からお見えになりました。供の者をお連れになって総勢五名で。ですから、事件当日は……」

「そうだな。まず、そこからだ。事件発生とそれに気づいたのは、いつだ？」

「昨日の早朝であります。昨夜は暗かったし、明智卿がいらしたときには、開け放っておりましたゆえ、お気づきになったかどうか分かりませんが、こちらから行くと、四阿の少し先に、小さな門があります。門と言っても、大きな木戸のようなもので、実際は物の役にはたちませんが、夜は一応閉ざすことになっています。その封を解きに参りました」

「ということは、術で封じるわけだ。御用邸付きの陰陽師がおるのやな？」

「いや、実はその……自分が封をしておりまして……」

小壱郎はびっくりして天晴を見た。天晴も驚きを隠せない。

「鹿島田殿はタレントをお持ちか。では、あの四阿の封印も、将曹が？」

「はい。無鑑査で、せいぜい初級相当ですが」

「いやいや、あの封印は中級相当でなければかけられますまい。気失せの封でしたな」

「はい。さすが、よくお分かりで」

「気失せ……というのは？」

小壱郎が口をはさむ。

「人に対する封で、それを越えようとすると、嫌な感じや不吉な感じ、場合によっては吐き気などを催せしめて、それで入る気を挫きます」

「はい。簡単なものですが、物盗りや迷い込んでくる者を防ぐ役にはたちます。それを打ち破って来る敵あらば、我々近衛が相手をいたします」

鹿島田の顔に誇らし気な色が浮かんだ。小壱郎は続きを促す。

「日暮れ時に封をし、朝一番で開ける決まりです。詳しく申しますと、私ともうひとり、次侍従に中級相当の術師がおりまして、ふたりのうち、どちらかがかけて、かけた者が翌朝開けます。昨日は私でした。夜明け早々、卯の正刻（午前六時ごろ）時分だったはずです。行くと、木戸が破られておりました。しかし、夜じゅう異常はありませんでしたし、邸から下りて来る途中、誰かに出会うこともありませんでした。それで、曲者を警戒しながら戻ることにしました。すると、四阿に向かう小道に足跡のようなものを見つけましたので、そちらに向かったところ、四阿に雪が詰まっていることと、その下の方から手が出ていることに気づきました。昨日ご覧になったような有様でした」

鹿島田はそこで一度言葉を切った。小壱郎は珈琲をゆっくり飲み干すと、じっと鹿島田の顔を見つめた。無言のまま、気まずくなるほどの間があいた。

「ふむ。で、四阿に気失せの封印をしたのは、その時か？」

「はい」

間髪を容れず、鹿島田将曹が答えた。

「死体を見つけたときには、何も封印はされていなかった？」

「はい」

「なるほど。で、その後、将曹殿はいかがいたした？」

「邸に戻って、人員を確認しました。雪に埋もれたのが誰か、はっきりさせねばと思いましたから。ところが、御料所の人間も近衛の者も、誰一人欠けていません。四阿にいるのは、紛れ込んだ何者かということになりました」

「私でもそうしたろうな。では、邸内にいた人間の、正確なところを訊ねておこうか」

「はい。まず、御料所詰めの侍従が一名。この御料所の長にあたり、名目上だけですが近衛将監兼務で、私の上長になります。配下の次侍従が二名おります。台所に飯炊き女が二名。作男が二名。これは作男と飯炊き女のひとりが夫婦者で、作男は息子とふたりでやっております。ほかに下女が一名。厩番が一名。そして鷹飼が一名です。鷹飼は狩猟場の管理も行い、寝泊まりも鷹番小屋で行っていまして、普段はあまり顔を合わせません。ただ、こういう事情でしたので、昨日の朝呼び寄せ、以後、邸内に残らせております」

「侍従というのは、昨日の夜、玄関で会った者どもかい？」

「はい。次侍従のおふたりです。実は……侍従はお加減がよろしからず、自室に引きこもっておられまして……その、ご挨拶が……」

鹿島田の口調が再び歯切れ悪くなった。

「加減が悪い……」

「はい。……その。本多様がいらしてから……」

小壱郎は天晴を見やった。天晴が軽くうなずく。

「それで、将曹殿は、どのような処置をした？」

「すぐに、京へ連絡をいたしました。もちろん、小田原の幕府にも。京へは御所詰めの近衛を取次に、小田原へは、かの地の御用邸付きの近衛を介してです」

「それはテレソンを使ってか？」

「無論です。急を要しましたから」

小壱郎がひとわたり訊ね終えたとみると、天晴が口を開いた。

「将曹殿。次侍従のひとりが陰陽師だと言ったな。名はなんという？」

「賀茂短命様でございます」

「ここにいる陰陽師は、そのふたりだけか？」

小壱郎が訊ねた。

「左様にございます」

その時、食堂の扉が高々と音をたてた。一同が目を向けると、本多大佐の厳めしい姿があった。

5　シシリアン・ディフェンスが混ざっている

本多大佐は、小壱郎たちと自分を事件現場である四阿に案内するよう、鹿島田将曹に命じた。鹿島田以外の近衛兵には、邸内の警備のため、同道を許さなかった。さらに自分の配下をふたり残し、残るふたりで一行四人の前後を固めた。洋式の歩兵の軍服に二本帯剣し、長身の銃を手にしている。将曹の案内とはいうものの、大佐はずんずん先頭を切って歩いていく。

「大佐殿は、もう現場をご覧になったのか？」

のんびりとした口調で、小壱郎が声をかけた。

「昨日、着到して一番に検分した」

「封は解かれましたか？」

依然何気ない口調だが、天晴はぎくりとして隣りを歩く小壱郎の顔を見た。

「いや、京から刑部卿が来られるというので、そのままにしておいた」

「それはそれは。御配慮痛み入ります。ときに、大佐殿は鎌倉から？」

「そうですが」

それが何かというように、本多大佐は小壱郎の方を振り返った。

通常、参謀本部は、将軍の居城近くにある。羽柴(はしば)なら大坂、織田なら安土。しかし、徳川だけは居城を駿府(すんぷ)から小田原に移す際に、武士団を鎌倉に分けた。まだ横浜(よこはま)の港を開く前で、小田原を商業拠点とする必要があったからだった。それが、そのまま、現在に到っている。

「鎌倉からいらして、午(ひる)すぎの着到ですか。早いものですな」

「夜の明ける前に、馬を出し申した。それから、途中で何度か馬を替えたものの駈け通しだ」

小壱郎は、足早に大佐との距離をつめると、小声で囁(ささや)いた。

「腹蔵ないところ、大佐には、何か心当たりがお在りにはならないですかな?」

「どういう意味だ?」

「意味もなにも、本来、参謀本部のお手をわずらわせるような案件ではござらぬ。御料所(ごりようしよ)のことゆえ、一応は刑部卿が事にあたらねばならぬでしょうが、それも法水卿のご出馬は不要ゆえ、この明智が呼ばれた次第。それを、わざわざ馬を飛ばしての御加勢というのは、助けていただけるはっきりした手立てをお持ちなのではと、かように考えたまでのこと」

「そのようなものは、持ち合わせておらぬ。朝廷での変事は謀反(むほん)や戦(いくさ)の芽でもありうるので、参謀本部としても、事態を把握しておく必要があるまでの話だ。……捜査も、明智卿にお任せして、拙者は立ち会いのみのつもりだ」

「左様ですか」

明智はそれ以上追及しなかった。その時、四阿へ向かう小道のとば口にたどりついた。邸から下りてくると右手に見える蛇行した道を登る。四阿は昨夜と変わらず、ひっそりと建っていた。明智はのっそりと振り返った。いつのまにか天晴は仕事着姿だった。さすがの本多大佐も、驚きが隠せない。明智は無言でうながした。天晴は小さくうなずくと、印を結んだ。すぐに「解けました」と囁く。四阿にはどことといって変化がない。

「触っても、大丈夫そうか？」

「大丈夫にございます」

四阿からはみ出た手首に、明智はまず触れた。

「脈はなし……と」

「私が昨日発見した時も、脈はありませんでした」

と、鹿島田将曹。

「そうか……」

小壱郎は手首の周囲の雪を少し掘り崩した。腕が身体から伸びているらしいことを確認する。立ち上がると、振り返った。手の雪を払う。

「天晴。昨晩言っておった、雪がどこから来たものかの判定は、いまやった方がよいのか？　それとも、雪を除いて死体を取り出すのが先か？」

「判定を先に済ませましょう。手間もかかりませぬし、雪を少々用いるだけですので」

不審そうな顔つきの本多大佐と鹿島田将曹に、昨晩天晴から受けた説明の概略を、小壱郎は伝えた。将曹は感心したように「ほうっ」と言ったが、大佐は黙って聞いているだけだった。

「問題は、この雪がどこから来たものかということだ」

そう小壱郎が言っている間に、天晴は懐から小瓶を取り出した。雪を左の掌に一掬いすると、小瓶の液を垂らした。みるみる青く雪が染まる。溶けるかと思うより先に、天晴は短かい呪文を唱えた。雪が掌からすっと消えた。次の瞬間、天晴は大きく両腕を開いて高々と差し上げると、さっと一度交差させ、裂帛の気合を発した。沈黙のまま瞬時の間があった。

「むっ、ここではなかったか」

天晴が呟いた刹那、四阿の雪の天井近くから、青い液体が一筋下ってきた。天晴がふっと息をついた。

「いや！　明智卿。雪はこの四阿の中で降ったものにございます」

「何をやった？　天晴」

「はい。まず、雪を青く染め、それをもとの気中の水の形に戻し、その形であった場所に帰しました。そして、次の術で、気の中に含まれた水の状態から、普通の水の形に戻しました。すると、この四阿の中で水の形に戻り、青い水となって現われたのでございます」

「青く染めたは、それを他の雪と区別するためか？」

「左様にございます。この雪は、雪の形を取る以前の、気中の水の状態で、確かに、この四阿の気の中に含まれておりました。他所（よそ）から吹雪（ふぶき）の術で運ばれた雪ならば、ここには現われず、もとの場所で青い水となって流れたはずです」

そこで天晴は微笑（ほほえ）んだ。

「ただし、その場合、そこがどこかは、この術では分かりませぬ。改めて、水を煙にでも変えて、それを物見に探させることになりましょう。その手間が省けましたな」

「ふむ。とはいえ、厄介なことになったの。犯行に上級陰陽師が絡んでいることは分かったものの、御料所には上級陰陽師はおらず、行きずりの者が行きずりの者の手にかかったということなら、なぜ、わざわざ御料所にまでやって来たのか……。まあ、良い。死体の検分といくか。雪をどけてくれ」

天晴は四阿の周囲を見回した。

「雪はどうします？　どこかに残しますか。ざっと見たところは、普通の雪ですが」

「ざっとというのは、術で見たのか」

「左様です。いわゆる一目（ひとめ）ですが」

「なら、残す必要はない」

天晴はうなずくと、すぐに印を結んで雪を取り払った。颪が巻き起こり、その風に乗って瞬(またた)く間に雪は消え失せ、男の全身が現われた。紫がかった灰色の膝まである上着は、袖がたっぷりと大きく、袴も太いが、こちらはすとんと足許まで真っ直ぐに落ちている。大陸ふうの装束だった。帯は白。無帽で無精髭がわずかに青い。口元を覆っていたのであろう白い手ぬぐいが、死者に掛ける打ち覆いが顔からずれているみたいに見えた。

「おやおや、異人か」

ひざまずいて死体を改める素振りを見せながら、小壱郎はさっと顔をふり仰いだ。大佐は顔つきこそ厳しいままだが、表情に動きはない。一方、鹿島田将曹は顔を赤くして、懸命に表情を抑えようとしていた。

(嘘のつけぬ男だ)

小壱郎は苦笑した。

「将曹。この男に見覚えはないか？　身なりは百済(くだら)ふう、新羅人(しらぎびと)かもしれぬ。もっとも唐(とう)人(じん)や日(ひ)の本(もと)の者で、この身なりをしているだけということかもしれぬ。お召しの帰化人ということはないか？」

「いや。この御料所では、帰化人をお使いになっておりませんし、この者にも見覚えは……」

「大佐殿にお心当たりは？」

「ござらぬ」

小壱郎は立ち上がり、湿った掌を懐紙で拭った。

「天晴、病と毒を調べてくれ。傷はないようだから。それから遺留品の類がないか。あれば全部調べてくれ」

そう言うと、四阿の奥へ入っていく。本多と鹿島田が続き、本多の配下は外に残った。

広さはせいぜい八畳。中央に三尺四方の石卓がひとつ。それを挟んで、同じく石造りの椅子が二脚据えてある。卓上にランタンがひとつ。それだけだ。全体に雪が染みて黒ずんでいる。土台となる床は石だが、それ以外は木造だ。外から見ると、二本の柱と梁（はり）と床で作る正方形に接して円を成す、大きな入り口を作るように、周囲に漆喰（しっくい）の壁を塗り、屋根は茅（かや）を葺（ふ）いている。小壱郎は各々の四方の円形の出入り口から外を眺めた。一箇所で目を留めた。彼方にではあるが、切妻（きりづま）がふたつ並んだ小塔から、両手を広げたような邸が見えている。もっとも、一階にあたる部分は、すぐに木立に遮られて見えなくなっている。焚き火でもしているのか、木立の上から、煙が立ち上っていた。中央の塔の三階から光が煌（きら）めくのを、小壱郎は認めた。

「将曹。ちょっと来てくれ。あそこに見えるのは御料所の邸か？」

鹿島田は歩み寄ると、小壱郎と並んで外を見上げる。

「左様です。ここから見えるのですね。知りませんでした」

「距離はどのくらいだろう」

「はて……」

そのとき、本多大佐が、鹿島田のすぐ後ろから口をはさんだ。

「目測では五百米ほど。あとで正確に測らせましょう」

部屋の中央に戻ると、天晴が目で問いかけてきた。構わぬと身振りで示す。

「まず、雪ですが、飛ばしながら調べても、異常はありませんでした。普通の雪です。男は凍え死んでおりました。病も毒も見当たりません。ただ……」

死体の懐を開いて見せた。畳んだ手ぬぐいを開く。中に懐剣を忍ばせていた。小壱郎は死体の傍らに膝をつき、手に取って見た。鞘から抜く。

「唐物か。値が張りそうやの。……手入れもしっかりしている」

天晴は次に死体の右足の裾をたくし上げた。足首に革帯を巻いて、そこにも短剣がさしてある。

「ほお。二本差しとな。こちらは、ありふれた短刀か。どっちも、使った跡はないが、すぐにでも人を刺せそうやの」

言いながら、小壱郎は一同の顔を見上げた。将曹は小壱郎と目が合うと、さらに顔を真っ赤にしたが、大佐は無言で睨み返した。小壱郎は立ち上がりながら、大佐に言った。

「さて、死体をどうしますかな。ここに置いとくわけにもいかんでしょう」

「よろしければ、邸に運ばせます。どうするかは、その後でゆっくり考えるとして」

大佐の配下が、二挺の長筒と布で即席の担架を作り、死体を乗せた。そのとき、天晴が卓上を指しながら口をはさんだ。

「もうひとつ、このランタンのことがございます」

「ランタンがどうかしたか」

「術がかけられてございます」

「術が？　どういう術だ」

「それは調べてみなければ分かりませぬ。持ち帰ってもよろしゅうございますか」

小壱郎は鹿島田の方を向いて訊ねた。

「このランタンは、ここに備えてあるものなのか」

「いえ。しかし、お邸のランタンです。同じものがいくつもあって、普段は物置にしまってあります」

「分かった。では、天晴、こいつは任せた」

本多大佐を先頭に、天晴が殿(しんがり)で、四阿の前から下の道に出ようとしたとき、軍服の男がひとり、坂道を駆け登って来た。邸に残った本多大佐の配下のひとりだった。

「大佐。邸に火の手が」

息をきらしながら、そう叫ぶ。

次の瞬間、さまざまなことが一度に起きた。

天晴の目の隅に影が走った。四阿へ来る道は行き止まりではなく、その奥をさらに登るのだが、影を認めたのは、そこではなかった。その登り道の左手の茂みの中を動いたものだった。

「曲者（くせもの）！」

天晴は叫ぶと、黒いケープを翻（ひるがえ）して、影の方へ走った。同時に影も走り始めた。本多大佐のふたりの部下は、死体を下ろすと、担架に用いていた長筒を引き抜く。本多大佐は天晴と坂を登って来る部下とを両睨みして、瞬時動きが止まった。それを見て、小壱郎は抜刀しながら叫んだ。

「大佐殿は邸へ。ここは、それがしが引き受け申す」

茂みの中に杣道（そまみち）があるらしく、下草に足をとられながらも、影がそこを動く。運のいいことに、杣道は天晴の走る道と並行しているらしかった。茂み越しながら姿が見える。本多大佐は小壱郎の言葉にうなずいた。

「ここは任せる」

一言残すと、坂の途上の部下のもとへ走った。その刹那、長筒を構えたひとりが引鉄（ひきがね）を引いた。影を追う天晴、それに続く小壱郎を、弾丸がかすめる。天晴は目を凝らした。曲者まで十米（メートル）と見る。ところが、弾丸が曲者の直前で斜めに外（そ）れた。銃の向きからはありえない角度で木の枝を砕く。

「術師。大斜定石（たいしゃじょうせき）か」

天晴の呟きは誰にも聞こえない。中級相当とはいえ、鹿島田将曹は侍だけに反応が素早かった。もうひとりが、ひざまずいて長筒を構えるのを、瞬時左手で制すると、右手を振りながら叫ぶ。

「大斜定石すかし」

将曹の言葉と左手の合図で、二番目の兵士の銃が火を噴いた。今度は弾丸が外（そ）れることはなかった。しかし、曲者の手前で弾丸が突然、目に見えるほどブレて、そして消え失せた。天晴が目をむいた。

「シシリアン・ディフェンスが混ざっている。支倉（はせくら）流か」

そのときには、抜き身を馬手（めて）に天晴を追い越した小壱郎が、かなり影に近づいている。天晴は懐から小さな鉛玉を取り出すと、杣道の影の頭上近くに投げた。口をすぼめ、その鉛玉を追うように強く息を吹き付ける。続けて、英仏語の呪文を短かく唱えた。鉛玉が割れ、影のいる杣道の一帯を中心に黒い闇が広がった。小壱郎がにわかに立ち止まり、天晴を振り返った。

「何をした」

答えより先に、小壱郎は黒い森の中に立っていた。時を同じくして、曲者の潜む杣道も黒い森に変わっていた。小壱郎には、天晴も鹿島田たち三人の姿も見えない。その森の外にいるようだ。

（幻術を使ったか）

小壱郎は慎重に歩を進めた。小壱郎も曲者も身をかがめ、方向の分からぬままにゆっくりと這い進む。いきなり互いが目の前に現われた。視認したと同時に、小壱郎は斬りつけていた。しかし、振り下ろした刀は、相手の目前で斜めに外れた。

（さっきの鉄砲と同じだ）

短刀だけの曲者は、小壱郎の攻撃をかわす一方だが、小壱郎の刀も相手を捉えることが出来ずにいた。小壱郎は長刀の間合いを取ることだけに気をつけながら、攻め手をゆるめない。そして、ある時、空気が震えた。次の一太刀は外れることなく曲者を袈裟がけにしていた。

黒い森が消えると、どさりと曲者が倒れこんだ。息を殺して見つめていた天晴と将曹たちが、ほっと一息つくと、ゆっくりと近づいてくる。

「新魔術もお使いとは。しかも、かなり達者に」

天晴が将曹に話しかけた。

「大斜定石はよく用いられるので、すかし技を使えないと話になりません。それより、相手の合わせ技にしても、天晴殿の術にしても、初めて見ました」

　小壱郎は刀を鞘に納めると、ふり返って天晴に向かって言った。

「驚いたぞ、天晴。一体、何をした」

「ブラックウッド・コンベンション。複数の人間を黒い森に閉じ込め、その中心で出会わせます。ソルボンヌで一度だけ軍隊付きのマスター魔術師から見せてもらった術です。しかし、相手の防御術を破るのに手間取りました」

　小壱郎は曲者に近づいた。天晴も続く。

「将曹殿。御料地内での勝手な抜刀については、あとで始末書でもなんでも書くから、言ってくれ。……咄嗟（とっさ）に峰（みね）打ちにはしたんだが……あっ、此奴（こやつ）」

　曲者の口の端から血が流れ出ている。男は峰打ちの傷が重いと知るや、毒を含んで自害していた。

6　あの四阿（あずまや）が見える

本多大佐をはじめ、邸（やしき）にいた人々は、全員が前庭に集まっていた。

「ちょうど、いま消し止めたところだ」

小壱郎たちを見ると、本多大佐が言った。邸の向かって右手の棟が一部焼けている。小壱郎は四阿（あずまや）で見た煙を思い出していた。被害はそう大きくはなさそうだった。小壱郎は曲者（くせもの）を倒したこと、死体ふたつは運べないので、四阿に置いてきたことを大佐に告げた。大柄で恰幅のいい直垂（ひたたれ）の男が、小壱郎へ歩み寄った。

「昨日は臥（ふ）せっておりまして、ご挨拶もせず、ご無礼つかまつりました。当地の留守を預かります、侍従の針剣山（はりのけんざん）と申します」

思わず「ほう」と声が出た。針といえば、開祖針迫弾（はりのせるだん）が、織田羽柴徳川の天下三分の計を、時の帝（みかど）に具申（ぐしん）して、地位を固めて以来四百年以上、筆頭侍従の座を守っている家だ。その後、摂関家（せっかんけ）を追い落とし、京の要所を占めているとばかり、小壱郎は思っていた。剣山は、そんな小壱郎の感慨にかまわず、背後に控えていた、同じく直垂姿のふたりの男を紹介した。

「こちらが次侍従の加茂短命と三条兼見です」
ひょろりと背が高く、双子と見まがうほど、よく似ている。小壱郎は見覚えがあった。昨夜玄関で小壱郎一行を出迎えた男たちだった。短命という男は、今朝、厨房にもいた。三人とも、四半の布を斜めにふたつ折りして頭の後ろで結んだ東結びで、口元を覆っている。

「権刑部卿にはあらゆる便宜を図るよう申しつかっております」

「では、早速ですが、火の手を最初に見つけた者の話を聞きたい」

「かしこまりました。作男の畜兵衛いう者です」

連れて来られたのは、二十歳になるやならずの若者だった。汚れた手ぬぐいで顔の下半分を覆っている。邸は中央部分の三階建てを除けば、左右と奥に二階の建屋が延びている。左右はそれぞれ十間（一間は一・八二メートル）あまり。奥へは五間ほど。その右端一階奥は物置になっていて、二階は客間がそこまで続いているが、この日は空き部屋だった。使用人たちの賄いの朝食が終わったころ、畜兵衛は父親に、物置から大工道具の箱を取ってくるよう命じられた。一昨夜破られた木戸の修理をするためだった。物置に近づくと妙に熱い。ものの焦げる臭いもした。悪い予感がして、直接物置の扉は開けず、手前の部屋の窓から外に出ると、すでに物置の中に炎がまわっているのが見えた。慌てて、外を走って玄関から入り、急を知らせた。

「玄関には、本多様の配下のお武家様が歩哨に立っておいでやした」

次侍従の片方が言った。大佐の背後に控えるひとりがうなずく。本多がわずかに顎を動かして、その男を促した。

「火事ということでしたので、ふたりで現場に馳せ参じました。火勢が強く、建物を壊すのはまずいと判断し、その者に陰陽師はいないかと尋ねました。次侍従のひとりがそうだと申すので、その男を連れて来るよう命じました。そして、私がその場に残り、立石には大佐殿に知らせに走るよう言いました」

さきほどとは別の次侍従が話を引き取った。

「私は二階の自分の部屋におりましたが、騒々しいので降りてきたところを、この畜兵衛から仔細を聞かされ、外をまわって物置へ参りました。そのときには、畜一や女房の小春たち使用人も、ほとんど広間に出て来ており、後をついてきました。正直なところ、私はもともと薬師で、火事を消せ言われましても、どうしたらよいものやら。まごまごするうちに、畜一たちが樽や甕に入れた水を大八車で運んでくれまして、どうやらこうやら消し止めました」

「火のあつかいは難しいとしたもの。京でも安土でも、火消しにはそれ専門の火術に長けた陰陽師がおります。短命殿に責めを負ういわれはござらぬ」

小壱郎はそう言うと、畜兵衛を下がらせ、大佐の部下のひとりに顔を向けた。

「本多大佐に急を告げに四阿へ来るまでの間に、誰かに会ったり見たりはせなんだか」

「いいえ。誰も」

「大佐がお戻りになるときも？」

大佐が重々しくうなずく。

「ふむ。弱りましたな」

小壱郎は頭をかいて見せた。そこへ、いつの間にか座をはずしていた天晴が戻った。

「どうだった？　やはり火付けであったろう？」

一同、そこで初めて天晴に気づいたようだった。

「確かに。油を染み込ませた布で、物置の中に火を放った者がいました」

「白昼堂々、これだけの者がおるところに、忍び込んで火を放って逃げおおせる。しかも、誰にも見とがめられずに。あまり信じる気にはならん話ですな。となれば、この邸の中に下手人（げしゅにん）がおるいうことになりますわな。四阿の殺しと同じ者の仕業か否かは分からんとしても、皆様全員を調べねばならんことに変わりはない」

小壱郎はため息をついた。

「全員集まれる場所となると……食堂（じきどう）ですかな」

出火時の各人の居場所は、特定が出来るようで出来なかった。最もはっきりしていたのは、玄関で立ち番をしていた本多大佐のふたりの部下だったが、それも共謀すれば放火は可能なようだった。使用人たちは、おおむねは台所にいたが、居続けて出なかったと言っているのは、厨房が仕事場である作男の妻の小春と、料理女のていだけで、あとの者は出入りが激しい。鹿島田将曹以外の近衛小隊の面々は、二ないし三人組で邸の各階と庭を守っていたが、不審な者は見なかったという。侍従の三人はそれぞれ自室にこもっていた。

小壱郎と天晴は、一通りの詮議が終わったのちに、遅い昼食を摂った。つき合いが良いのか、側にいるのを任務と心得ているのか、鹿島田将曹も同じ食卓で食べていた。そこへ本多大佐がやって来た。

「明智卿。鷹番小屋の捜索はいつ行うおつもりか」

「まず邸内をすませて、それからかと」

小壱郎は食後の珈琲をすすりながら言った。鷹揚(おうよう)な口調は天晴にはわざとのように聞こえた。鹿島田も不審そうな面持ちだ。

「急ぐにこしたことはなかろう。よろしければ、私が受け持っても構わんが」

「ふむ。これは幸甚。近衛将曹(このえのしょうそう)にお願いしようかとも考えたのだが」

小壱郎は鹿島田の方を見た。将曹は小さくなっている。

「ただ、例の四阿までの距離の測量もありまして。お願いできるということでしたな」

「測量は二名残せば充分。それがしも手勢ふたりで充分と見ます」

「分かりました。ちょうど昼飯も終わって、邸内を虱潰しにしようと思っていたところです。測量の二名をお借りできますかな」

小壱郎は邸の二階から始めた。三階建ての母屋は最上階が帝一家の居室その他で、針剣山は小壱郎たちがそこに入ることさえ拒んだ。二階はその真下に剣山の居室があり、中央の階段に面して向かい合った隣りあわせに、それぞれ次侍従の部屋があった。剣山の部屋は、小さいながら控えの間を持っていて、部屋の奥には大きな窓があった。見回しながら、小壱郎は窓のところへ行き、昼でも引かれていた緑の天鵞絨の窓帷と窓を開け放った。晴れた空が青く、眼下に四阿が確かに見えた。

「ここから、あの四阿が見えることは、ご存じでしたか」

ふり返って、小壱郎が訊ねた。

「存じていましたが、それが何か」

「いや。将曹殿は知らなかったようなので」

「中央の塔の二階は、大半がお上がお使いになるか、我々侍従の部屋かで、三階はお上がおられます。どちらも近衛が近づくことは滅多にありません」

小壱郎はていねいに部屋を調べた。そして、大佐の部下に四阿までの測量を頼むと、彼らふたりを残して部屋を出た。

「やはり三階も調べねばなりません」

客間に行こうとする剣山を、引き留めるように、小壱郎は言った。

「天子様も東宮様も、いまはいらっしゃらないのでしょう？」

「お上のお部屋に入るなど、言語道断です。それとも、私のことをお疑いか」

「いや、そうは申しません。……申しませんが、剣山様のお目を盗んで、三階に隠せば、あとは放っておいても剣山様が守ってくださる。不埒な輩がそうからくりするやもしれませぬ」

「私の目ェを盗んで、人を匿うなど、無理に決まったある」

剣山が切り口上になった。

「人とは限りません。凶器でも、重要な証拠でも。人に見つかりたくないものを隠すには、もって来いです」

剣山は口をつぐんだ。

「お願いします。もし、お聞き届けいただけぬようなら、テレソンで京へお伺いをたててでも、事にあたる所存。ただ、そうなった場合、剣山様の面目もございましょう？」

剣山は押し黙ったままだ。

「ざっと見るだけでございます。拙者とて、三階に何かが隠されている割合は低いと見ております。ただ、後日調べに手落ちがあったとなれば、権刑部卿明智光秀の名に恥じますし、織田の殿様の顔に泥を塗ることにもなる。お願いでございます」

あまりの熱弁に、天晴はかえっておかしさを覚えるようになった。声に出して笑いそうになるのを必死でこらえる。

「分かりました。案内いたしましょう」

いかにも渋々といった口調で、剣山が折れた。

来客との応接や侍従との対応などの部屋は二階にあって、三階は居室や書斎そして寝室といった部屋のみとなっていた。中央の居間を抜け、小壱郎はまず一番奥の寝室に向かった。それも窓に一直線だ。二階同様閉ざされていた天鵞絨の窓帷と窓を引き開ける。

「やはり四阿が見えますな」

剣山は口を堅く結んだまま、大きくひとつ息をついた。

「さきほどから、四阿が見えることに、えらくこだわっておられるようだが」

「犯行現場が見えるというのは、重大なことでございますよ。この邸にいるかぎり、一階にいては見えない場所ですからな」

「しかし、夜、暗い中でも見えましょうか」

「然り。ただし、四阿に人がいて、カンテラかランタンの明かりでも灯っていれば、見えましょう。考えてもみてごろうじろ。夜、ランタンの光の中で雪が舞う。美しそうではありませぬか」

剣山は何も言わなかったが、見るからに機嫌を損ねていた。小壱郎は各部屋をそれぞれ一瞥（いちべつ）してまわり、剣山に礼を言って階段を降りた。二階の部屋を調べるのに、剣山はもはやまったく異を唱えなかった。客室を調べ終え、一階に降りようとしたときに、玄関で人の騒ぐ声がした。やがて鹿島田将曹が血相を変えて階段を駆け昇って来た。降りてきた小壱郎と鉢合わせして、一瞬ぎょっとする。

「どうした。将曹」

「本多大佐が鷹番小屋から戻られたのですが……」

「何かあったか？」

「娘がひとり死んでいたと」

玄関の軒先に、例の即席担架の上で横たわった娘の死体が置かれていた。本多大佐とふたりの配下が担架の周りを囲み、それに対するように、近衛の一団とふたりの次侍従が、開け放った玄関口に立っている。それらの人々を分け入って、小壱郎が本多大佐の前に進み出た。天晴は死体を盗み見た。麻の小袖（こそで）を着た十八九の女だった。小袖は高価なものではなかったが、こざっぱりとしていた。髪に笄（こうがい）が一本。天晴は目を見張った。小さいながら西洋いろは（アルファベート）のHの金具があしらってある。英仏帝国で婦女子に人気の、鞄から髪飾り果ては蕃拉布（ハンドカチフ）まであつかう、馬具屋あがりの細工職人の手になるものだ。

（日の本（ひのもと）でお目にかかるとは思わなかった）

道具を使わない一目でしかなかったが、死んでいるのはもちろん、斬り殺されたものであることも明瞭だった。しかも、それほど時間が経っていない。

「鷹番小屋で見つけたのですか」

小壱郎が訊ねた。大佐が肯く。

「まだ血が流れていた。あたりを探索してみたが、人は見つからなかった。行きも帰りも誰にも会わなかった」

「どれくらい離れているのです?」

「半里（大人の足で三十分歩いた距離）まではあるまい」

「馬で行かれましたか」

「無論。道はあるにはあるのだが、周囲は原っぱで、高木の茂みもある。草丈も高いゆえ、隠れようと思えば容易かろう」

小壱郎はしゃがんだまま一同を見回した。

「どなたか、この娘に見覚えは?」

全員押し黙っている。少し間をおいて、鹿島田だけが首を横に振った。

「剣山様は?」

「いや、知らぬ」

いつの間にか、使用人たちまで集まってきていた。ていという、死体の娘と同じ年ごろの女が、突然両手で顔を覆って泣きだした。小壱郎はその声に振り返った。

「この女のことを知っているのか」

ていは顔を覆って泣くばかりで、何度も首を横に振った。ていの背後で、畜兵衛という息子の方の作男と、その母親の小春という飯炊き女が、ていの両肩にそれぞれ手を置いている。小春は小壱郎を厨房の入り口で押しとどめた大柄な女だ。ほっそりした娘を、がっちりしたふたりが守っているかのようだった。小壱郎は、そのふたりに向かって言った。

「この娘は何者だ。知っているのなら、有態に申せ」

ふたりは押し黙ったままだ。

「では、なぜ、この娘は泣いているのだ」

押し黙ったまま、その場が凍りついた。耐えかねたかのように、畜兵衛が口を開こうとした刹那、小春が言った。

「まだ、小娘でございます。人死にを見るのも初めてかと。それで泣いているのでございましょう」

小壱郎は小春の眼を見つめた。やがて、小壱郎は顔を落として一息つくと、立ち上がった。

「見たところ一太刀だ。侍でも腕の立つ者、まあ、軍人だろうな。でなければ、相応の腕前の者。忍か諜者か。天晴、一応、死因を調べてくれ」

そこへ階上から、大佐の配下がひとり降りてきた。立石と呼ばれた兵士だった。小壱郎に向かいかけて、大佐に気づくと、立ち止まって敬礼した。

「測量が終わりました」

本多大佐はうなずき、小壱郎を見ながら言った。

「距離は？」

「四百六十米（メートル）であります。百分の一として前後四米の誤差と思われます」

「そうか。かたじけない。たいそう役にたった。本多大佐は良い侍をお持ちだ」

思わぬ賛辞に、本多大佐は小壱郎の真意を計りかねたのか、それでも、えもいわれぬ顔つきになった。

7　なぜ、雪に埋もれるまで、じっと待っていたんだ？

鷹番小屋と一階の各部屋との実りのない検証で、小壱郎はその日の午後をつぶした。物置には、なぜ火が放たれたのかを示すものも見つからなかった。その間、天晴は、鷹番小屋の検証には伴をしたが、あとは四阿にあったランタンを調べるために、自室に籠っていた。鷹番小屋で見つかった娘は、刀傷が因で事切れており、身許を示すものはなかった。四阿に置いておいた死体は、将曹の部下の手で運びこまれた。そちらも身許を示すものは見つからなかった。遺体は三体とも邸裏手の地下に設えられた氷室に置かれた。冬場に張った氷を、夏まで術をつかうことなしに保存できる部屋で、現在は空になっていた。小壱郎は冴えない表情で、夕食じゅうを過ごし、食も進まぬようだった。天晴は夕食も部屋に運ばせた。鹿島田将曹は終始心配そうな顔つきだったが、口にだしては何も言わない。昨日と違い、侍従の三人も同席しての食事だった。こちらは無表情を絵に描いたような態度だ。食事も終わりに差し掛かったころ、天晴が姿を見せ「珈琲だけ所望したい」と言った。座ると、すぐに、食卓の雰囲気に気づいたようだった。

「明日、刀を研ぎに出したいのですが、頼めるところはありましょうか」

食事の手を止めて、小壱郎が言った。

「村まで出れば、研ぐ者がおります」

剣山が答えた。

「畜一か畜兵衛が下りていきましょうから、持たせましょか」

「いや、拙者(せっしゃ)が持参します。村というのは、鉄道駅のあるところですか」

「はい。蒲生村です。御用達(ごようたし)にひなつ屋いう店がございますので、下りて分からぬことがあれば、そこでお訊ねになればよろしおす」

「それは良いことを聞いた。では、今宵はこれにて、失礼つかまつる」

小壱郎は覇気のない表情のまま席を立った。天晴はわざとともに席を立たず、もう一杯珈琲を頼んだ。しかし、ひとりとして口を開かず、陰々滅々とした空気のまま飲み終えた。

天晴が部屋に戻ると、パジャマに着替える前に、ノックの音がして小壱郎が顔をのぞかせた。

「ちょっと、いいかい」

さすがに昨晩ほどは虚をつかれることもなかったが、それでもひとつ息を呑む。

「ちょっとと言わず、いくらでも。珈琲ございますよ」

「ありがたい。もらおう」

天晴は用意されていた珈琲急須(ポット)からふたり分の珈琲を注ぐ。

「ひとつお聞きしてもよろしいですか」

「何だ？」

「明智卿は、なぜ伴の者をお連れにならないのです？　昨日は先触れなしにいらしたので慌てました」

　小壱郎はわずかに笑った。

「刑部卿職とはいえ、明智は貧乏武家でな。家人も限られておる。お殿様の世話以前に人を割かねばならぬことが多い。それに此度は帝直々の秘密を要とする御下知。知る者が少ないにこしたことはない……というのは、表向き。勝手気ままが好きなのさ」

　天晴もつられるように笑い、小壱郎の向かいに座った。

「だいぶ、ふさぎ込んでおられましたな」

「まあな。半分は芝居だ。実際、わけの分からないことが多いが、まったく五里霧中のふりでもしておかないと、腹に一物の連中は油断してくれない」

「そもそも、雪の詰まった四阿に死体ですからな」

「あれは、まあ、どうということはない」

　小壱郎の言葉に天晴は驚いた。

「上級陰陽師ならやれると分かったからな。問題は、その上級陰陽師がいないことだ。将曹が腕前を偽っているということは、ないだろうな」

「それはありえませんな。術の質は自ずと出るもの。それに、上級陰陽師になるには、それなりの修行が必要でございます。陰陽寮なみの修行を積むには、時も金もかかります。前にも申しましたが、そんなことが出来るのは、将軍三家か有力大名。……そうだ。あの自害した男は、とびきりの上級でございますよ」

「しかし、では、なぜ、あんなところで、まごまごしていたんだ？　仕事を終えれば、さっさと消えるものさ。それに、あの四阿で一番の不可思議は、そんなところにはない」

天晴はどきりとした。小壱郎が何のことを言っているのか分からなかったからだ。

「四阿で死んだ男は、なぜ、雪に埋もれるまで、じっと待っていたんだ？　凍えそうなら、とっとと逃げ出せばよいではないか。傷、毒の類はなかったよな」

「確かに」

「そこが分からん。上級陰陽師なら、出られぬように封じることは出来ようが、鹿島田将曹は発見したとき封印はなかったと言っている。ということは、将曹が見つける前に、解きに戻って来たということだ。でなければ、雪で埋まるまで、ずっと居続けて待っていたか。どちらにせよ、わざわざ、そんなことをする理由が分からん。そもそも、雪で生き埋めにして殺すなどという、手間もかかれば不確かな方法で、人を殺すというのが分からん。いや、不確かどころか、それで相手を殺せると思う方が、どうかしている」

天晴は黙りこんだ。小壱郎の言うことは道理のように思えた。

「それに、陰陽術で人を殺すことはもちろん、害を成すことさえ御法度だ。そんなことをするとすぐに露見するのだろう?」

　天晴はうなずいた。

「術の邪用は、術師に修羅の相をもたらします。そうなると知りながら術を用いて人を殺めたりしたら覿面です。必ずや露見しますし、一たび露見すれば、寮総出でその者を罰します」

「そんなにハッキリ分かるものなのか」

「見ると驚きますよ。英仏帝国でジャーネーマン魔術師という見習いのころ、戦場に出て、軍隊付きのマスター魔術師が、限定的に術を戦に用いたのを見たことがあります。もちろんギルドの承認の下です。限定的とはいえ、黒魔術になりますからね。あっという間でした。しかも、戦が長引いて無理を続けたので、相貌は無論のこと人柄まで変わって、元には戻りませんでした。ＰＴＳＤと申しまして、魔術師ギルドでは最優先の研究課題となっております」

「日の本でも、そうなるのか?」

「幸いなことに、ここのところ戦がございません。寮には過去の事例の記録が残っておりますよ」

「しかし、自害したあの陰陽師に、そんな様子はなかったが……」

「そこが妙でもあり微妙なところでもあります。さきほど、明智卿がおっしゃったように、四阿を雪で満たして人が殺せるとは、確かに図りづらい。ということは、四阿に雪を降らせるという無害な術をかけさせて、その上で、他の者がその四阿へ被害者をおびき寄せたのなら、術師に修羅の相は現われますまい」

「なるほど。そこまで謀(はか)ってのことか」

「実は、四阿にあったランタンですが……」

小壱郎は顔をあげた。

「そうだ。ここに来たのは、そのことを聞きたかったからだ。調べはついたのか？」

「あのランタンには、テキサス転移法(トランスファー)がかけられていました。これは西洋魔術、正確には新大陸のアニミズム魔術との混淆(こんこう)ですが、物にも人にもかけることが出来ます。此度(こたび)はランタンにかけられておりました。一言で申せば、このランタンに術をかけ、術師に代わって、あらかじめ定められた術を代行させるのです」

「術を代行？」

「そうです。今度の場合は変性の術です。この陰陽師は、テキサス転移法(トランスファー)を用いることで、ランタンを通して、四阿で雪を降らせておりました。必要な呪文を書いた羊皮紙が灯心に巻かれていました。無論、その羊皮紙にも呪文がかけられていました」

「羊皮紙というのは？」

「四つ足の皮——おもに羊ですが、その皮を薄く伸ばして紙にしたものです。物にかけるテキサス転移法では、必ず使います。人にかけるときは、一種の催眠状態にして、覚えさせた呪文をくり返させますが、物にかけるときは、呪文をかけた羊皮紙に書きつけておくのです。そうして、術師になり代わって、ランタンが四阿に雪を降らせたというわけです。英仏帝国の中でも新大陸で使い始められ、トランスレイションが容易という特徴があって、世界中に広まりました。奨励会の研修では、中村言語による術のトランスレイションの実習で、必ずこれをやらされます」

「そんなことまで、出来るのか……。待てよ。ということは……」

「そうです。その術師は、無人の四阿に雪を降らせるつもりだったのかもしれません。ならば、修羅の相は出ません。ただし、です。そうすると今度は、それを承知のうえで被害者を四阿に閉じ込める封をした、その術師に修羅の相が出てもおかしくない」

「ふむ。ややこしくなってきたの」

「もっとも、四阿が雪でいっぱいになるまでになった理由は、これで分かりました」

「どういうことだ」

「テキサス転移法は、一度にひとつの術しか転移できません。術を解く呪文をどこかでかけたいのなら、別の物か人を通じてテキサス転移法を使うか、本人か別の者か、とにかく陰陽師がその場にやって来て、解くかしなければなりません。そうしない限り術は止まりません。この場合は、雪でいっぱいになって、雪の元が四阿になくなるまで、雪が降り続くことになります」

「なるほど、からくりは分かった。しかし、四阿で死んでいた男が何者かさえ分かっていないからな……いや、おい、ちょっと待て。先ほど昼間の曲者はとびきりの上級陰陽師だと言ったな。しかし、彼奴の術を将曹はひとつ破っているではないか」

「大斜定石すかしですね」

「ということは、将曹の腕前は上級相当ではないのか？」

天晴は心得顔で首を横に振った。

「あれは新魔術にございます。中村言語が開発されて、それまで全体をひとつの術として見るほかなかった魔術――もちろん陰陽術もですが――それらを、部分部分に分けて考えることが可能になりました。ところが、その結果、呪文のある部分に弱点や不具合が含まれていることがあると、分かったのです。学術的には、それをバグと申しますが、その弱点を衝いて、術を無効にする呪文が可能になりました。それを新魔術と称しまして、これは呪文そのものの欠陥を衝きますから、下位の者でも上位者の術を破りうるのです。そういう俗に『すかし技』と呼ばれるものが開発されました。あるいは逆に、その欠陥を取り除いて、弱点を克服した場合も新魔術に含めます。これは、つい数年前に発見された知見で、先端技術と言えます。あの将曹、かなり研究熱心ですな」

「しかし、もうひとつの方は破れなかった」

天晴はかすかに笑った。

「それは仕方ございません。シシリアン・ディフェンスは西洋魔術。しかも、あの場合は、ふたつ同時というよりは、混ぜて使っておりましたからな。新魔術を使えなければ、上級者といえども、大斜定石すら破れなかったでしょう」

小壱郎の顔つきが怪訝なものになった。

「西洋魔術を混ぜるだと？　そんなことの出来る術師がいるのか？」

「徳川様子飼いの陰陽師に、支倉（はせくら）流という一派がございます」

「徳川の？」

「陰陽師は陰陽寮の術師であれ街場（まちば）の術師であれ、日の本の陰陽術を使うことに変わりはございません。中村言語のおかげで、ようやく、外津国（とつくに）の術をトランスレイションして実行できるようになったわけです。しかし、支倉流だけは違うのです。中村言語の出来るはるかに前から、異国の術と陰陽術を掛け合わせて、独自の術を使っていました。それゆえ、とくに支倉流と呼んで、陰陽寮でも密かに研究を続けています。中村正三（しょうざ）も支倉流についてだけで、ひとつ論文を書いていましたな。昼間も、陰陽術の大斜定石だけなら、鹿島田将曹でも対処できたでしょうが、それに西洋魔術のシシリアン・ディフェンスが混ざっていました。外津国で修行を積む伝統を、何百年もかけて持たなければ無理なことです」

小壱郎の顔に光がさした。

「本当か。もしそうなら、平仄があう」

天晴は、不思議そうな顔をした。

「支倉というのは、六百石取りの徳川直参なんだ。石高は小さいが、これが、とんだ食わせもの。家康、政宗の時代に、徳川が伊達と結んで北条を倒したのは、知ってるよなあ。徳川が北条に仕掛けたはいいが、例の本能寺の事件があって、織田は加勢どころではなくなった。謀反を企てたは羽柴か明智かで、大揉めに揉めた。世が世なら拙者は謀反人の子孫、というわけさ。あげく徳川を見捨てる形となって、徳川は大慌てで一度は和議に持ち込んで、しかるのち、伊達と結んで北条を倒した。おかげで東国は徳川が押さえて、将軍三家に躍り出た。伊達の貢献と力は大きい。伊達は形の上では徳川の家臣だが、家来だなんて思ってやせん。五分とは言わないまでも四分六の兄弟くらいのつもりでいる。だから、家康公以来、徳川が将軍になるときだけは、副将軍の役職を作って伊達を立てる。それぐらい気をつかってるんだ。その家康公が、最後の大仕事と言ってやったのが、もともと伊達の家臣だった支倉を、自分の家来にしたことだ。というのも、まだ戦国の世のころのこと、難船を助けたのをきっかけに、伊達がエスパーニャに遣いを送った。徳川の承認の下だ。その遣いとなったのが支倉とその家臣たち。支倉は無事役目を果たして七年後に帰国した。ところが、その間に、針迫弾の天下三分の計で、戦国の世が終わっちまっていた。

家康公は異国との通商には消極的になっている。伊達の中でも金食い虫と冷や飯食わされた。……しかしな、支倉には決定的な武器があった。往復の旅の途中で作り上げた、日の本と欧州やその航路途上の国々との間の地縁血縁だ。そして、伊達の誰よりも、いや、日の本の誰よりも早く、家康公はその価値を認めたんだ。それで、無理無体に伊達から自分の家臣に鞍替えさせた。伊達の手前、表向きの石高こそ四百年経ったいまだに増やしていないが、それに五倍十倍する軍資金を潤沢に与え続けて、支倉の持っている武器を育てた。そうして出来たのが、いまの支倉衆や。攘夷処は織田も羽柴も持っている。しかし、日の本を離れて外津国でも調略をやれるのは支倉だけだ」

「では、支倉流というのは」

「そこの陰陽師だろう。そして、それはすなわち、本多大佐の手の者ということさ」

「では、昼間倒した陰陽師が下手人で、大佐が黒幕ということですか」

「そこまでは分からん。さっきの疑問には答えられていないし、四阿で殺された男は何者で、なぜ殺したかということも分からぬままだ。……しかしやなあ」

小壱郎は珈琲をぐっと飲みほした。

「夜明けに知らせを受けて、鎌倉からでは、午過ぎに着けるわけがない。おそらく、夜が明けて鹿島田将曹が小田原にテレソンを入れるよりも早く、あの陰陽師が知らせを鎌倉に入れていいて、それで急いで駆けつけたが、事件はすでに将曹たちの知るところとなっていた。昼間、大佐自身が口をすべらせたぞ。夜明け前に鎌倉を出たと。そもそも、大佐の手勢の中に、陰陽師がいないというのがおかしいんだ。術師なしで仕事が出来るものか。大佐の陰陽師は、手勢とは別に隠密行動をとっていたとしか考えられぬ」

「けれども、それだと、ランタンを使って四阿を雪で埋めた、もうひとりの上級陰陽師がいることになる……いや、その場にいられないから、テキサス転移法(トランスファー)を使ったということか……」

「それと、あの殺された娘だ。誰も知らぬというが、誰一人手引きする者もなく、鷹番小屋に隠れられるわけがない。あの泣きだした飯炊きの娘。きっと知っているにちがいない」

「娘の笄(こうがい)に、お気づきになりましたか」

「いや。特別なものなのか?」

「英仏渡りの細工物です。京でもそうは見ません。日の本では、ちょっと手に入りますまい」

「ふむ。形(なり)は粗末だったな。鄙(ひな)の娘には不似合いの髪飾りか」

扉を敲(たた)く音がした。ふたりは顔を見合わせる。すぐに天晴が答えた。

「Who is it?」

「本多だ。明智卿はおられないか」

「いらっしゃいますよ。お入りください」

静かに扉が開いて、本多大佐がひとり滑るように入って来た。

「夜分にすまない。二度ほど明智卿の部屋の扉を敲いたのだが、返事がなかったので、こちらかと」

「まあ、お座りください。珈琲はいかがです」

天晴が小壱郎の隣りの椅子を勧めた。大佐はすぐに座ったが、珈琲は手を振って断った。

「すぐに失礼する。実は、明智卿に打ち明けておかねばならないことがある」

「改まって、なんでしょう」

「昼間の娘、斬ったのは私だ」

ふたりとも珈琲茶碗(カップ)を持つ手が止まった。

「これには仔細(しさい)があるのだ」

「そりゃ、おありでしょう」

小壱郎は自分でも間の抜けた返答だと思った。

「実は、ここに来るのは、今回が初めてではない。ひと月ほど前に、一度来ている。出所を言うわけにはいかないが、捨ておけぬ密告があった。東宮様が蒲生の御用邸でひとりの娘にご執心であると。それは井伊(いい)の縁者の娘で、それだけならよいのだが、その娘の背後に後後漢(ごごかん)の密偵がいるというのだ」

「唐国の密偵ですか」

大佐はうなずいた。

「知ってのとおり、お上はご高齢だ。譲位の噂もあり、東宮様がお世継ぎとなる日が近いのは、誰しも承知している。その暁に、唐国がついている小娘の言いなりでは困る。なにかの弱みでも握られてしまうのは、もっと困る。それゆえ、おそれながら、お諫め申すために参上した」

「で、どうなりました」

「聞き入れていただけなかった。確かに、そういう娘はいて、東宮様がお気に召してはいるが、身許もはっきりしていて、井伊の縁者などという話も初耳なら、まして後漢の密偵などという途方もない話は、とても信じる気になれぬと。こちらも、空手ではまずかろうと、娘の動静をひと月ほど探ったうえではあったのだが、それだけでは背後の密偵を炙り出すに到らず、その意味では、出直しも仕方がなかった」

「失礼ながら、大佐殿の位階は」

天晴が口をはさんだ。

「従六位下だ」

「では、お目通りはかないませんね」

「そこなんだ。当然ながら、侍従の針を通すことになる。実は……」

大佐はそこで一息ついた。

「その針剣山が怪しいのだ」

「というと」

小壱郎が興味津々といった表情で促す。

「どうも、剣山め、正確に取次いでおらぬようなのだ。のみならず、徳川がお上に策を弄しているかのように吹き込んだ節がある」

「策？」

「娘の背後にいるのが、後後漢ではなく、徳川だと」

「徳川様がお上に策を。にわかに信じられる話とは思えませんな。徳川様は武家の最高位征夷大将軍を究めておいでだ。これ以上なんの策が要りましょう。それに、東宮様に気に入られたとはいえ、所詮、権勢には縁のない、ひとりの娘でございましょう？」

「しかし、外津国の傀儡とならば、話は違う」

「では、四阿で死んでいた男が、娘の背後にいた密偵と大佐はお考えか？」

「そこまでは分かり申さぬ。しかし、後後漢の手の者であっても不思議ではない」

「それで文倉衆をお使いになった、と」

大佐の顔色が変わったのを見て、天晴は含み笑いをした。

（さすがに、動揺するか。ここで文倉衆の名を出すとは、小壱郎殿も食えぬ）

「支倉をご存じか」

「昼間のあの陰陽師はそうでございましょう?」

大佐は天晴の方を見た。天晴は涼しい顔でやりすごす。

「権の一字が付いてはおりますが、拙者これでも刑部卿ですからな。もっとも、おかげで帝が私をお遣わしになった理由が得心できました。法水卿では、徳川に筒抜けとお考えになったわけだ」

「確かに、あの陰陽師は常吉(つねきち)といって、支倉の家臣だ。私の命で動いていた。しかし、断じて四阿の殺しは、あの者の仕業ではない。そもそも、明智殿ではなく、法水卿が召されていたら、常吉は必要なかった」

「それは、どうですかな。大佐の手の者が探っていたからこそ、私どもより二刻(ふたとき)あまりも早くこちらに着到なさっている。常吉ですか。あの者は、いつごろからこちらにいたものやら」

「それは……こちらにも……お役目というものがある……」

しどろもどろになりながらも、大佐はねばる。次第に早口になっていった。

「それで、鎌倉からやって来てみると、娘は郷(さと)に帰したという。侍従も近衛も相謀(あいたばか)って娘を隠しているのだ。それこそ怪しい。実は、常吉とはこちらに来てから、連絡が途絶えていた。天晴殿が曲者(くせもの)を見つけたとき、もしや常吉ではと思ったが、邸の火事の方が気になったので、そちらに行った。邸の捜索が始まってしまえば、明智卿が見逃すはずがない。明智卿が邸を調べている間は、侍従たちも動けまい。そう思って、鷹番小屋の捜査を買って出た次第。ところが」

そこで、ようやく一息ついた。そして、懐から短筒を取り出した。

「小屋に入るなり、あの娘が撃ってきた。やむなく斬った」

「斬る必要があったのですか？　短筒の弾は当たらなかったのでしょう」

大佐は短筒を小壱郎に手渡した。

「細工ものでな。短筒の上に吹き矢が重ねてある。口に含むのが見えたのが幸いした。斬らねば、こちらがやられていたろう。忍かもしれん」

小壱郎はひとわたり短筒をながめると、天晴に渡した。

「これは、お預かりします。で、大佐が斬ったのが、東宮様がご寵愛になった娘なのですね」

「そうだ」

「しかし、なにゆえ、死体で見つけたとおっしゃったのですか。そして、いまになって打ち明けたのは？」

「それこそ、明智卿にご相談したかったことだ。実は、つい先ほど、鎌倉からテレソンで知らせが入った。かねてより、井伊に照会してあったことの返書だった。縁者にあたる娘で、蒲生の御用邸に預けた娘がいるかいないかだ。返事は、その娘は、あちらで息災にしているというものだった」

大佐は懐からテレソン写しの書状を取り出した。「該当娘於当地息災居候（とうちにおいてそくさいにしおりそうろう）」の一行だったが、井伊の家老の名と花押（かおう）があった。書状の前段には、大佐が送ったと思われる依頼の内容が、そのまま残っていた。

「女が井伊の縁者を騙っていることは、これで間違いない。背後にいるのが後後漢か針か、あるいはその両方か。それは分からぬが、何者かがいることも、まず間違いない。そこでだ」

大佐は一度言葉を切って、小壱郎と天晴の顔を見渡した。

「侍従も鹿島田も、自分たちが隠した娘を私が斬ったと思っているはずだ。しかし、明智卿はそれを知らずにいる。ところが、私を娘殺しの下手人と訴えると、娘を知っていたことも隠したことも露見してしまう。だから黙っている。おそらく明日、遅くとも明後日には、なにかしら動くであろう。そこを待ち構えて、私たちで討ち取ってしまおうと思うのだ」

「いまの話、どう思う?」

本多大佐が部屋を辞すと、小壱郎は天晴に訊ねた。

「一から十まで信じるというわけにはいきませんな」

「だろ？　何か策を弄するとすれば、剣山よりは大佐の方だろう。もっとも、剣山にしても針一族だ。甘く見ていると足許をすくわれかねない。とりあえず、大佐の刀から拭った血のりが、あの娘のものかどうか、明日にでも調べておいてくれ」

「承知しました。しかし、わかりませぬ。どのくらいの寵愛を受けていたのか知りませんが、小娘ひとりですよ」

「そこはなあ、ちょいと事情がある。今の東宮は正室の三男だが、上のふたりは死んでいる。世継ぎとしては正統もいいとこだ。ところが、周囲はふたつ下の四男の太刀宮の方を買っている。なんたって、頭がいい。特に、京の御所を仕切っている、筆頭侍従の針千本は、東宮とは折り合いがよくない。東宮は良く言えば豪放磊落、悪く言えば考えなしだ。侍従が良かれと言うことをうるさがる。日がな瓜ばかり食っている大うつけ。信じられるか。今信長って綽名がついてるんだぞ。織田の殿様も正直、弟君が継ぐならそっちの方がいいと思っている。口には出さないがな。たぶん羽柴も徳川もそうだろう。つまり、少しのしくじりでも、それを口実にされるおそれがある。逆から言えば、口実だから、少々強引でもいい」

「ということは、剣山が何か企んでいると、明智殿はお考えか」

「これほど京から離れた御料地に、針一族がいたので、はじめは驚いたくらいなんだ。訳ありだとしても不思議はない。だが、だからといって、人死にまで出すようなことにするとは思えない。何か企むくらい頭は良いかもしれないが、すべて壊してしまうほど頭が悪くはなかろうというところさ」

「しかし、それは本多大佐も同じでしょう」

「調略は大佐の本職。後始末から何から慣れている。少々のことをやったって、壊さず収めるのはお手の物さ。ただなあ……天晴には、ひとつ調べてほしいことがある……大佐があの娘を斬ったというのは、嘘かもしれんと思ってるんや」

　この言葉は、天晴には意外だった。

「鷹番小屋に娘がいたことを、あらかじめ大佐が知っていたのは、まず間違いない。何があるか分からないところに、陰陽師も連れず、急ぐわけでもない測量にふたりを割いて、残るふたりだけで行くほど、不用心な男じゃない。だが、娘とはいえ、大佐の言うように唐国の手の者ならば、くの一かもしれず、どれほどの腕前だか分からない。実際、短筒を持ってたんだろう？　普通は用心するはずさ。……娘が死体でそこにいると知っていた、というのでもなければな」

8　あっぱれ！

　朝食をすませると早々に、小壱郎と天晴は、馬を借りて蒲生村へ下りた。下り坂を駈けて、あっという間に村に着くと、小壱郎は一番に汽車の駅に向かった。小壱郎たちも、本当はここで下りるはずだったのだが、鹿島田将曹が手前で下ろしてしまったので、初めて見ることになる。駅には人っ子ひとりいなかった。駅の布令書(ふれがき)によると、小田原行き安土行きが、それぞれ二日に一本走っているだけだ。京一条(きょういちじょう)と安土の間に、一日六往復あるのに比べれば、いかにも淋しい。一昨日と今日は、小田原行きが十八時三十分着の三十五分発。昨日と明日は、安土行きが九時四十五分着の五十分発。西洋流の時・分の表示は、軍以外では使わない。小壱郎は慣れずに、十二支の時刻に頭の中で置き換えている。帰国子女の天晴は平気の平左(へいざ)だ。

　駅をあとにすると、剣山が教えてくれた、ひなつ屋を訪ねた。街道筋の村の真ん中にある旅籠(はたご)で、大きな厩(うまや)も持ち、伝馬や貸し馬の世話もしていた。愛想のいい五十がらみの主人が、東(あずま)結びで口元を覆い、自ら店先に立っていた。小壱郎は馬を降りるなり言った。

「御用邸の針剣山(はりのけんざん)様の紹介で来た。見たところ馬の世話をしているようだが、村で用足しをする間、見ておいてもらえぬか」

「かしこまりましてございます。お連れ様の馬もですか」

「頼む。それと、刀を研ぎに出したい。研師とは言わん。研げる者はおるか？」

「鍛冶の顎十郎がやりゃあす。もともと刀鍛冶だったのが、それだけじゃ食えなくて、鍋釜包丁をあつかっている男です。お届けいたしましょうか。それともご自分で？」

「では、届けてもらおうかの。代刀はいらぬが、いつごろ研ぎ上がる」

「午すぎには大丈夫でしょう」

主人の受け答えは歯切れがいい。小壱郎は少しこの男と話してみたくなった。

「親父。駈け通しで腹がへった。茶を一杯と、団子かなにか腹に入れるものはないか」

「安倍川でよろしければ焼かせますが。餅は重うございますか」

天晴の方を見ると、宗十郎頭巾の下で、心得たというように笑っている。

「では、安倍川と茶だ」

厩番が二頭の馬を引き、小僧が小壱郎の刀を抱えて走る。小壱郎と天晴は店先の床几に腰かけた。主は手を叩いて店の者を呼ぶと、茶と安倍川を持って来るよう命じた。

「お武家様は、もしかして、一昨日の牛車のお方ですか」

話好きなのか、主人から話しかけてきた。

「そうだ。あの牛車も、この店のものか？」

「左様でございます」

「旨味のある商売だの」

「いえいえ、滅相もございません。鎌倉のお武家様方のように、馬で素通りの方も多ございますから」

「素通り？　鎌倉って、あの大佐殿か。金筋に星三つ。供を四名連れて、拙者と同じ日に」

「左様です」

「しかし、ここで馬を替えただろう。前の宿からずっと駆け通しのはずだ」

「いいえ。それでしたら、こちらもお足をいただけるのですが……」

小壱郎と天晴は顔を見合わせた。そこへ茶が運ばれてきた。

「それは難儀だったな。ひと月前に来たときもそうか？」

「いつもそうですよ。一度だって馬を替えたことはないし、休んでいったこともありゃあしません」

「そんなによく来るのか」

「そりゃあ、もう。夏の終わりごろからずっと。幾度もおいでです」

「ふむ。ところで、主人。このあたりで異人は、よく見るのか。新羅人とか。帰化人でもよい」

「帰化人といいますと？」

主人はその言葉を知らないようだった。

「異国の者でいい。見かけるか」

「いいえ。こんな田舎ですから。近在の湊は漁師の小舟が精いっぱいの小さなものです。異国から来るような大船は、小田原までいかないと」

小壱郎は少し考えこんで、思いついたように言った。

「妙な身なりの男を見なかったか。肩から足元まですとんと落ちたような着物を着た。白い帯の」

「あっ、見ましたなあ。ちょっと前の話ですが。猟師らしい男とふたりで、面貌布せずに手ぬぐいで顔の下半分覆ってました。日暮れどきに。そうそう。御用邸の方へ上がっていってましたなあ」

「いつの話か思い出せないか」

「そうですなあ」

主人はひとつふたつと指を折り始めた。

「昨日、一昨日……三日前ですか」

「その猟師ふうの男というのも、手ぬぐいで口を覆っていたのか」

「いや、そっちは二つ折りの三角面貌布でした。猟師というか。あれで鉄砲持ってれば猟師というか。鍬（くわ）持ってりゃ百姓というか」

そのとき、店の女が安倍川を二皿運んで来た。ふたりが食べ始めても、主人は動こうとしなかった。人通りもなく、しんとしている。大工なのか桶屋なのか、槌（つち）の音だけがときおり響いてくる。

「そうだ、主人。御用邸に若い料理女がいるなあ」

「ていでございますか」

「そうそう。おていさんだ。あの娘は、このあたりの子か？」

「はい。一年半ほど前ですか。御料地（ごりょうち）の料理女に縁談がまとまりまして、駿府（すんぷ）に嫁いでいきました。それで、代わりはおらぬかと侍従様に言われ、紹介いたしました。親父は薬の行商をしておりまして、子ども六人の頭（かしら）で、口減らししたいところに、この話ですから、一も二もなく飛びつきました。あの娘は気立てもよくて真面目でして。うちが忙しいときに料理の手伝いに来てくれて、働きぶりは、私自身が知っておりました」

「家は近いのか」

「はい。ここを出て右へ行ってすぐに、さいほうあらひはりと木の札が出ております。そこです。母親が細かい針仕事で、稼いでおりますもので。うちからも泊まり客の縫いものをまわすことがあります。いま、父親の五兵衛（ごへえ）は商いに出ているはずですが、母親のりくがおりましょう」

店を出ると、天晴が近づいて囁いた。

「ケープの肩が綻びてしまいました」

りくは、それまでやっていた仕事を脇に置いて、天晴のケープの肩を繕い始めた。小壱郎は気さくに声をかけた。

「すまないな。立ち寄り先でひっかけたらしい。出先ゆえ困っていると、ひなつ屋の主にここを教えられた」

小壱郎と天晴は上がり框に腰かけている。間口一間の狭い家で、奥で子どもたちの声が聞こえた。りくは黙って針を動かしている。

「安土から参って、一昨日着いたところなのだ」

りくは「左様で」と言っただけで、目もあげない。天晴は黙って成り行きを見ていた。

「実は、天子様の御用邸に罷り越すようお召しがあってな……それで、この地に参ったのだが……」

突然、小壱郎が大声で言った。

「えらい！　気に入った！」

さすがに、りくが手を止めて顔を上げた。天晴さえ、気がふれたかと言いたげな顔で、小壱郎の方を見た。

「りく殿と言ったな。感服(かんぷく)つかまつった。実は、こちらの娘さんが御用邸の賄(まかな)い方にご奉公にあがっているのを承知で、私たちはやって来たのだ。しかし、御料所のことを持ち出しても、娘が奉公していることを毛ほども表に出さなかった。あっぱれ！　これぞ、娘を奉公に出す母親の鑑(かがみ)。あっぱれじゃ。のう、天晴」

「確かに、あっぱれにございます」

　笑いをこらえながら、天晴は話を合わせる。りくはポカンと口を開けて小壱郎を見ていたが、やがて、あたふたと落ち着かなくなった。

「いやいや、針仕事を続けてください。何も、困らせようというわけじゃない。ただ、娘さんは息災にしておられるということと、娘さんの料理はおいしいということを伝えたかっただけなのだ」

「ありがとうございます。娘の奉公のことは、みだりに口にするなと固く言われておりまして……」

「そうとも、そうとも。しかし、心配するにはおよばん。きちんと勤めているから。しかし、近くに奉公しているのに、会えぬのはつらかろうな」

「左様でございます。盆暮れも帰らず、文(ふみ)ばかりで」

「おていさんは筆まめか。それは、なによりの親孝行。……そういえば、同じ年ごろの娘が、最近御用邸詰めになったところ。話し相手が出来て、さぞ嬉しかったであろうな」

「なつめ様でございますね。ていなど、お話しできる身分ではないのですが、気さくに声をかけていただいているようで。失礼にあたる振る舞いをしやしないかと心配いたしております」

「おていさんは弁(わきま)えがある。心配いりませんよ。しかし、なつめ様とは、本当にむつまじい。実の姉妹のようだと、邸(やしき)でも評判ですぞ。むしろ、邸暮らしはおていさんの方が長いので、なつめ様が戸惑いそうになると、先んじてお助けする。賢い娘だと侍従も感心しておりました」

(こういう時は、歯が浮くくらいでちょうど良いのかもしれんな)

天晴は苦笑を嚙み殺しながら考えた。

「しかし、賄い方は日に三度三度仕事がある。それで、よく、なつめ様のお相手も務まると、邸の者も驚いておるのです」

「ていは小さいころから、三里(一里は大人の足で一時間歩いた距離。)ほど南の浜に出ては漁(すなど)りをしておりましたし、奉公に出る前は、道端で干物を売っていたこともございます。なつめ様も西国の海育ちということで、話が合ったようでございます」

「なつめ様は西の出でござったか」

「御用邸の冬は寒くなるとお教えすると、身震いしながらも、楽しみにしておられたそうです」

「お母上も、娘さんの文が楽しみでございますな」

ていの実家を出ると、天晴はたまらず笑いだした。

「いやあ、あの、あっぱれには驚きました」

「そうか。天晴もよく口裏を合わせてくれた。あ」

「どうされました」

「天晴の名も、あっぱれと書くではないか」

「えっ」

「ほれ、天が晴れるで、あっぱれだ。そうか。天晴もあっぱれか。よし。これからは天晴のことは、アッパレと呼ぶことにしよう。そうだ。そうしよう」

9　向きが分からない

ひなつ屋に戻ると、小壱郎が部屋をとって休んでいこうと言い出した。思惑がありそうには見えなかったが、天晴に断る理由はない。午（ひる）まえから湯につかり、焼き魚で一本つけた。天晴は酒は呑まなかった。ひなつ屋は大部屋がひとつと、小部屋が三つ。忙しいときは物置から布団部屋から空けるのだろうが、いまは、小壱郎たち以外に客はいない。窓辺に腰かけると、街道筋が見渡せる。ひなつ屋以外に、大きな家はひとつもなかった。ひなつ屋の門口では、主人が腕組みして街道を睨んでいた。碁を二番打っている間に、研ぎに出した小壱郎の刀が戻ってきた。

勘定にすると告げると、主人自ら帳場から上がって来た。小壱郎は懐（ふところ）から財布を出す。

「ご主人、つかぬことを聞くが、昨日誰か泊めたかい？」

「いいえ、どなたも」

「馬を借りた客や、馬を替えていった者は？」

「伝馬の馬替えはございましたが、それだけでした。何か」

「いや、いいんだ。いなければ、いいんだ」

小壱郎は落胆しているように、天晴には見えた。確かに一日棒に振ったように、天晴にも思えた。しかし、死んだ娘の名がなつめだと分かった。誰もが、娘をいないものとしてふるまっている邸にいるかぎり、その名前すら分からないままだっただろう。そう考えると、村に下りたのも、まんざら悪かったわけではない。天晴がそこまで考えたとき、唐突に小壱郎が呟いた。

「やはり、あの男が、なぜ死ぬまで四阿に居続けたか、だな」

往きと違って、還りの馬はとぼとぼ歩いた。小壱郎が考え事をしているので、自然、馬の歩みもゆっくりになる。

「なあ、アッパレ。四阿を雪でいっぱいにしても、人は殺せぬよなあ」

「しかし、現に死んでおります」

「そうなんだ。狙いすましたかのように、殺しておる。……しかも、それが出来る陰陽師がいない。ひとりいたが、そいつも死んでいる。だいたい、四阿で死んだあの男は何者だ」

「剣を二本持っておりましたな。忍か、あるいは、彼奴も支倉衆か」

「支倉衆なら、なおさら分からなくなる。あの陰陽師は味方を雪に埋めて殺したのか」

分からぬ分からぬとくり返しながら、山道にさしかかるころには日が暮れていた。小壱郎も無言になっていた。粗末な木戸があり、閉ざされていた。

（畜一という男が修理するとか言っていたな）

天晴がぼんやりと、そんなことを考えていると、前を行く小壱郎が、突然、馬の向きを変えた。

「天晴、戻るぞ」

一瞬、小壱郎が何か思いついたのかと、天晴は思った。しかし、常の小壱郎とは異なる何かを、かすかに感じていた。

「小壱郎殿」

（気失せだ）

雷でも落ちたかのような一言だった。小壱郎ははっと我に返った。

「何があった、天晴」

「引き返そうとなさいました」

「えっ、あ、そうだ。しかし、なにゆえ……」

「気失せの術でございます。木戸に気失せの封がかかっております。そのために、明智殿は戻る気になったのです。正しくは、木戸を通りたくなくなったのです」

「なに！」

ようやく、小壱郎にも合点がいった。

「そうか。術にかかって、戻るつもりもないのに、戻ろうとしたのか」

「左様です。いま、封を解きます」

「いや、待て」

小壱郎には思い当たることがあった。

「鹿島田将曹は、破ってくる者があれば近衛が相手をすると言っていたな。ということは、破って入れるということか」

「気失せは、人の心を縛る術です。並外れて強い決意があれば、破れるとは言われております。それゆえ、絶対の封ではないと」

「ちょっと、やってみる。控えて見ていてくれ」

小壱郎は馬から降りた。木戸に近づくと、ひなつ屋になにか置き忘れてきたような気がした。

(なるほど。しかし、これは術だ)

小壱郎は懸命に「これは術だ」と自分に言い聞かせた。実際には、小壱郎の歩みは目に見えてゆっくりになっていた。馬上の天晴が心配そうに見ている。密かに懐紙と矢立てを取り出し、呪文を書きつける。それを口にくわえ、いつでも封を破れるよう備えた。ついに、小壱郎の足が止まった。

(なんだ、これは。身体が動かぬ)

夢を見ているような心地だった。織田の殿様に呼ばれているので戻らねばならぬという夢。背後にいる妻から呼ばれている夢。殿の屋敷に呼ばれ「勅状(ちょくじょう)が来ております」と天晴のいる部屋へ向かうという、一昨日に実際に起きた光景の夢。いずれも、そのために引き返さねばならぬという気になった。それに抗(あらが)っていると、今度は吐き気がしてきた。

(これは生半可(なまはんか)な術ではないぞ)

強い向かい風に抗しているようだった。腰を落とし、いつのまにか刀に手をかけていた。左手で鯉口(こいぐち)をきる。じりじりと摺(す)り足で、右肩左肩と交互に前に突き出すようにして進んだ。旅のことで、軽い草鞋(わらじ)にしているのが、いまはありがたかった。折衷(せっちゅう)ばさらの小壱郎は、お役目でないときは、洋風の木靴のこともあるのだった。ようやく木戸にたどり着き、手をかけ、押し開く。その瞬間突風にあおられた気がした。無我夢中で転がり込む。

「お見事！」

背後で天晴の声がした。はっと気づくと木戸を越えていた。小さく息をついた瞬間、小壱郎はしゃがみこんだ。今度は木戸を出て戻らねばならぬという気になっていた。

(こちら側に来ても、まだ術がかかっているんだ)

天晴の言っていた「人の心を縛る術」の意味が分かった気がした。鞘(さや)ごと杖がわりにして、地面を強く突き、かろうじて、その場に留まった。

「天晴、封を破ってくれ」

すぐに、ふっと身体が軽くなった。天晴が封を破ったのだ。その天晴が馬を降り、二頭を引きながら、木戸を越えた。

「お見事でした」

もう一度、天晴が言った。

「いや、大変な術だな」

「話には聞いていましたが、実際に人が破るのを見たのは、私も初めてです」

「一度破ったあとに、戻りたくなったのには驚いた。破って入ったのちも、まだ、術がかかっているのだな」

「はい。この木戸みたいに、入るのを封じるようにかけてあれば、初めから内側にいる分には、すんなり出られるのですが、外から破って入ると、そうなります。人の心を縛る封というのは、そういう意味です」

「では、あの四阿は……」

「はい。無理に押し入っても、出たくなるはずです。もっとも、ああ雪が詰まっていては、そもそも入れませんが。それに、実を申せば、封を破るときは術の向きは関係ございませんので、気失せの封がかけてあるのは分かりますが、入るのを禁じているのか出るのを禁じているのかまでは、分からないのです」

「向きが分からない……。そういうものなのか」

「はい。必要なら、近づいてみれば分かることですし……入りたくなくなれば、そちらの向きに、そうならなければ、逆の向きです」

小壱郎と天晴は、もう一度馬上の人となった。そのとき、邸の方から早駈けの馬でやって来る者があった。その馬は、小壱郎たちを認めると、あわてて止まった。

「明智卿と天晴殿ですか」

鹿島田将曹だった。

「申し訳ございません。お戻りでなかったとは気づかずに、木戸に封をしてしまいました。まだお帰りではないと聞かされて、急ぎ木戸の封を解きに参りました。天晴殿がおられるので、大事ないとは思いましたが」

「心配はご無用だ」

小壱郎は天晴の方を見て、片目をつぶってみせる。将曹は馬から降りると、木戸を閉じ、もう一度封をした。

「ところで、将曹。留守中になにか変わったことは起きてないだろうな」

「それが……その……」

そう言いながら、将曹は馬に跨る。

「作男の息子の方、畜兵衛と言いますが、その者と料理女のていが、駆け落ちをいたしました」

10　京を握った針一族、考えることが違う

侍従の三人、本多大佐、鹿島田将曹の五人を、小壱郎は食堂に集めた。夕食の用意は出来ていたが、後回しにされた。使用人たちには厨房で控えるよう言ってある。五人と天晴は食卓の椅子にそれぞれ座ったが、小壱郎だけは立ったままだった。苛立たし気に、小壱郎は歩きまわった。

「そろそろ、いい加減にしていただきたい。そうまでして、ていという女の取り調べを避けたいですか。駆け落ち！　よくもまあ、ぬけぬけと」

「しかし、事実、書置きがこの通り」

次侍従の三条が、手紙を振りかざした。

「あの死んだ娘を、皆さんがご存じなのは、とっくに分かっている。なつめという名であることも、こちらは承知している」

強い口調で小壱郎が言った。なつめの名前が出たのには、全員が衝撃を受けたようだった。面持ちが変わらないのは本多大佐だけだ。

「侍従。いまなら、やってしまったことの是非は問いません。私も留守にしていて、昼間

は問い質せなかったわけですから。いま、ふたりを戻していただければ、それで、何もなかったことにします」

剣山は前方を睨んだまま、返事もしない。

「仕方がありません。ふたりを探します。アッパレ。術でちょちょっとやれば、見つかる。なんてことは無理だろうな」

答えるまでもない問いに、どう答えるか。天晴が思案しているうちに、本多大佐が口を開いた。

「鷹番小屋は、すでに、もう一度それがしが調べもうした。邸内に隠れる場所はないと思いますが、明智卿が捜索なさるというなら、お手伝いいたします」

「調べた？　いつ？」

「明智卿が戻られる直前ですかな。駆け落ちのことを、私が知らされたのも、陽が落ちてからでしたから。このような茶番はいい加減にしてもらいたいというのは、まったくの同感です」

小壱郎はぎゅっと結んだ口のまま、不機嫌そうにうなった。

「急ぐ必要はありますまい。調べさせたくないだけで、畜兵衛はもちろん、ていの身に危険が及ぶということもないだろうから。右往左往するだけ、この方々の手に乗るようで業腹だ。めしにしましょう」

小壱郎は厨房をのぞき込み「晩飯にしてくれ」と言った。その瞬間、天晴は小壱郎の表情が変わったのを見た。食堂にいた他の人間は、小壱郎の後姿を見ていたので、それと分からなかったに違いない。小壱郎は、そのまま天井を見上げた。何かを考えている。鹿島田将曹と本多大佐は、さすがに、小壱郎の変化に気がついたようだった。将曹は見るからに心配そうに、侍従たちに目で何かを伝えようとしている。大佐は顔色を変えず、表情を読ませない。

(やはり、大佐の方が一枚上手か)

天晴が見守っていると、小壱郎も室内の雰囲気に気づいたようだった。しかし、そうしたことにはお構いなく「さあ、めしだ、めしだ」と叫んだ。だが、座っている大佐の横を通りすぎるときに、大佐の耳元で囁くのを、天晴は聞き逃さなかった。

「食後に見張りをお願いします。必ず、食べ物を届けるはずです」

大佐はうなずきもしなかった。

夕食も終わりに近づいたころ、小壱郎はおもむろに口を開いた。

「剣山様。夕食のあとで、少しお話をうかがいとうございます。お時間を拝借ねがえますかな」

「構わぬが、駆け落ちのことなら……」

「それについては、先ほど申し上げたことで、けりがついております。このあたりは、夜はもう寒うございますな。どこに匿われているのか知りませんが、ふたりともじきに戻ってきましょう。そのことではございません」

「なら、何を」

「内密な話ゆえ、食事のあとでと申しております。次侍従のお二方も、同席ねがいたい」

否応のない物言いだ。剣山はしぶしぶ承知した。

珈琲を省略して、小壱郎と天晴は、侍従たち三人を伴って二階へ上がった。食堂を出るとき、大佐は珈琲茶碗に口をつけていたが、何も言わなかった。しかし、五人が階段を昇るや、配下のふたりが食堂をあとにした。

剣山の控えの間に、奥から椅子を運びこんで、五人が座った。文字通りの膝詰めだ。

「なつめという娘について教えていただきたい。東宮様のご寵愛を受けていたということですが、それに相違ありませんか」

直截この上ない始め方だ。剣山は、どう答えるか思案しているかのような間を取った。

「お返事がないということは、相違ないということとして」

「いや、少々お待ちを」

「何を待つのです。なつめという娘が東宮のご寵愛を得た。この夏くらいからと考えてよろしいか」

「いや、そう急かされては」

「場所もあろうか、御用邸内で人が死んでおります。その解決は急を要する。そのために、勅状をもって私は遣わされた。急ぐのは当然です。で、正確には、夏のいつごろです」

「いや、それは」

「剣山様は、いつのことだかお忘れのようだ。短命様なら、覚えておられよう」

小壱郎は突然、短命の方を向いた。短命は剣山に向かって助けを求めたげだったが、剣山は無言のままだ。

「葉月か文月かくらいは分からぬか」

「そ、それは葉月かと……」

「短命！」

剣山が怒気強く言ったが、三条は短命についた。

「剣山様、もう遅うございます。それに、これ以上明智卿に隠しだてするのは、無理というもの。剣山様も、それはご承知でしょう。葉月も終わり近かったでしょう。日付までは覚えておりません」

後半は小壱郎に向かって言った。

「誰の紹介で出入りするようになったのです？」

小壱郎は三条兼見に訊ねた。剣山を無視するかのような態度だった。三条はそれまでの態度とは裏腹に、言いよどんだ。

「もう、良い。私が申し上げましょう」

剣山が言った。天晴は、剣山の顔色が変わるのを、初めて見た。

「ただし、途中、口をはさまないでいただきたい。たいそう複雑な事情を抱えておりますので」

「承知」

小壱郎が言った。剣山は天晴の方にも、確認するかのように、顔を向けた。天晴は黙ってうなずいた。

「葉月の九日と記憶しております。甲斐のさる大名家から、人を介して頼みがあると言われました。親類に鷹匠になりたいという若い者がいて、いろはのところで良いから、うちの清吉に仕込んでもらえないかと。清吉は、日の本でも五本の指に入る鷹匠ですから、ときおり、教えを乞う者がございます。ただ、いろはのところというのは珍しい。清吉に質しますと、月末に七日くらいなら教える余裕があると申しますので、七日でよければとお受けしました。葉月も終わりの、二十日あまり三日、やって来たのが、なつめでした。女の鷹匠など聞いたことがございません。しかし、なつめは利発な女子で、考えもしっかりしていました。来てしまったものは仕方がないので、鷹番小屋に連れていき、清吉に仕込むよう命じました。そのとき……そのとき、女子のことゆえ、間違いがあってはと、鷹番小屋に寝泊まりするのは禁じ、日が暮れたら邸に戻るよう言いました。ていの部屋に寝藁と掻巻きを入れて、寝所としました。これが、間違いの元でした。二日ののちでしたか、東の宮がいらっしゃいました。長月に入ってからのご来所とうかがっておりましたが、そういう気まぐれは珍しくないお方です。東の宮は馬を飛ばしての遠出はお好きですが、鷹狩は興味をお持ちではない。男の子であれば、お目にとまることはなかったでしょう。しかし、日暮れて邸に戻ってくると、あれは誰だということになります。なつめはなつめで、利発な娘のうえに、物怖じをしない。お手がつくのは、あっという間でした。そうなると、七日過ぎても東の宮は手許からお放しにならない。一人前になるまでここで仕込めば良いと。困ったとは思いましたが、大名の縁者ですから、身許は確かであろうと思いました。ここまでのところはよろしいでしょうか」

小壱郎は無言でうなずいた。

「ところが、いまからひと月ほど前のことです。鎌倉は征夷大将軍付参謀本部攘夷処の本多大佐という方から、東の宮のお耳にいれたいことがあるという向きが伝えられました。他聞をはばかることであるから、ごく内密にと。本多大佐はお目通りのかなう身分ではございませんから、私が話を取次ぐことになります。聞けば、なつめという女、後後漢の間者というではありませんか。事実なら、ゆゆしきことですが、あまりに途方もない。しかも、大佐の示す証拠というのが、異人ふうの男と一緒のところを目撃されたとか、なつめに渡された短刀を、途中で一度奪って確かめたとか、そういうあやふやで、こちらの確かめようもないことなのです。幕府の参謀本部大佐の言ですから、一応、東の宮のお耳には入れましたが、一笑に付されました。しかし、私としては、万にひとつの粗相があってはなりませんので、仲介した者を通じて、甲斐の方をそれとなくあたってみました。ご承知のとおり、甲斐は織田様の下、滝川様がお治めですが、その大名家は駿河に近いところにあり、井伊の縁者に嫁がせた娘の子どもがなつめで、詳しくは井伊に訊ねろということでした。驚きました。井伊といえば徳川の大大名。甲斐の小国から手繰れる名前とは思いませんでした」

「なつめは身分を明かさなかったのか？」

初めて小壱郎が口をはさんだ。

「そこです。井伊様のお身内の娘となれば、こちらも考えねばなりません。ですから、伏せておかれたのは、まことに奇妙。それで思い当たったのが、後後漢ではなく、徳川が背後にいるのではないかと」

（本多大佐の話と辻褄はあっている。ただ、どっちも相手を怪しんでいるのか）

ふたりのやり取りを聞きながら、天晴は考えた。

「しかし、なんのために徳川様が諜者をお使いになる」

「それは私には分かりませんが、怪しいと思わせる節はございます。これは内々のことですので、ご内聞にねがいますが、東の宮にはふたつ違いの弟君がおいでです……」

「皇太子ご兄弟については承知しておる。しかし、弟君を担いで東宮様の廃嫡を徳川様が謀っているというのは、いかにも無理筋。露見すれば謀反だぞ。将軍職にいる者が、わざわざやることではないわ」

「いえ、ですから、違うのです。ことが明るみに出れば、帝位を弟君に譲ることになりかねない不名誉を作り上げれば、それを黙っていることで、東の宮ひいては次の帝を、自分の影響下におくことが出来ます」

小壱郎は内心舌をまいた。

（さすが、摂関家を没落に追い込んで、京を握った針一族、考えることが違う）

「で、その不名誉というのは」

「いまのところは、お手がついたというだけのことですが、相手が外津国の間者ということになれば、話がきな臭くなってまいります。ですから、本多大佐には用心に用心を重ね……」

「先んじて、なつめという娘を殺した」

「何ということを……」

さすがの剣山も絶句した。三条が奥の間から、水瓶の水をギヤマンのグラスに注いで持って来る。

「何ということをおっしゃる。あの娘を隠したことは認めます。しかし、それは、あの大佐が初めの試みが功を奏さなかったので、刑部卿に、捜査という形で、なつめが間者であると見つけさせようと謀っているのではと、恐れたためです。明智様には、始めからいない女として、大佐には、そのような問題のある娘は、暇を出さざるをえないと申しまして。鷹番小屋を大佐が捜索すると言ったときには、これで、なつめが見つかると覚悟いたしました。それが、まさか、あんなことに……もしや、明智様、あれは大佐が殺して、さも見つけたように戻って来たということは、ないでしょうか」

「ないとは申せませんな。同様に、そもそも、なつめを隠したときにすでに死体だったということも、ないとは申せません」

剣山はまたも絶句すると、水に手を伸ばした。

「そこまで、お疑いですか」

「今宵の駆け落ちは、無論、狂言でしょうな」

「はい。昨日ていが泣きだしましたので、明智様に感づかれたと思い、身を隠す算段をいたしました。畜兵衛はていを想うておりますので、任せられると」

剣山はため息をつくと、立ち上がった。

「ていを連れてまいります」

「その必要はなさそうですな」

天晴が言った。

「階下が騒がしい。大佐が戻られたのでしょう」

広間ではていと畜兵衛が、神妙にひざまずかされていた。縄こそ打たれていないが、ひったてられたこと歴然としていた。

「まあまあ、大佐。駆け落ちは罪科(つみとが)ということではありますまい。さあ、ふたりとも立って。詳しい話は明日聞こう。大佐、どこで見つけられた」

「四阿の脇道、昨日曲者(くせもの)を見つけたあたりに、地蔵の祠(ほこら)の大きいのがあって、そこに隠れていた」

「寒かったろう。湯でも使って、温まってから休むといい。侍従様も、もう隠し事はなさらないはずだから、おまえたちに無理を言うこともなかろう」

大佐の手勢の陰に、小春が風呂敷包みを持って立っていた。

「それは、ふたりの晩飯か?」

小壱郎が訊ねると、小春がうなずく。

「食べさせてやりなさい。おまえたち使用人も、明日になったら、それぞれ話を聞くから。そのつもりで」

11　持参の術華集（アンソロジー）に載っておりましょう

　小壱郎が天晴の部屋を訪れたとき、天晴はパジャマに着替えるのも忘れて、部屋じゅうを見回していた。

「珈琲を飲みに来た」

　扉の陰から顔を出した小壱郎が言った。天晴は招き入れると、自分と小壱郎のために珈琲を注いだ。

「私の部屋にも、持ってきてもらおうと思うのだが、いつも忘れてしまう」

「ここで飲めば、よろしくてですよ。実は、いま、こちらから伺おうかと思っていたところです」

「どうかしたのか」

「留守中に忍び込んだ者がいます」

　小壱郎の珈琲茶碗（カップ）が口の前で止まった。しばし沈黙が流れる。

「封はしてあったんだろうな」

「簡単なものですが、将曹や短命に破れるとは思えませぬ。いや、相当な腕の者でも難渋しましょう。ただ、一日留守にしておりましたから、時間がたっぷりある。達者な上級相当なら可能でしょう」

「心当たりは」

「ございませんが、罠をしかけておきました。私以外の者が入ったら、その者の動きが辿れるようにしておいたのです。御覧ください」

天晴が口の中で呪文をつぶやくと、突然、扉のところから青い線が現われ延び始めた。青い線は部屋をぐるりと回ると、小卓のところで止まり、動かなくなった。再び、天晴が呪文を唱えると、青い線が消えた。

「ここで長い間止まっていました」

「ということは」

小壱郎の目の前にある卓上には、四阿(あずまや)で見つけたランタンが置いてあった。

「はい。忍び込んだ者は、ランタンにテキサス転移法(トランスファー)がかけられていたことを見つけたのでしょう」

「ふむ」

小壱郎は考え込むときの癖なのか、小さく息を吐く。やがて口を開いた。

「それだけなら、なんということはない。ランタンに術がかけられていたことなど、大佐だろうが剣山だろうが、訊かれれば教えてやったことだ」

小壱郎はゆったりした表情に戻ると、椅子に座り、珈琲を口に運んだ。天晴もベッドに腰かける。

「ようやく剣山が口を割りましたな」

「まあな。しかし、やっていることが無理だから、いずれは露見する」

「今日、蒲生村に行かれたのは、問題の上級陰陽師の足取りを追ってのことですか？」

「まあ、そうだな。夜のうちに山を下りれば、朝の安土行きに乗れる。うまくすれば、誰にも見とがめられずに、乗れるかもしれん。しかし、人通りの目立つ村だの」

「旅籠の主は、通りを見張っておりましたな」

「ふふ、確かに。上手いことを言う。あれは見張りだな」

「逃げた者は見つかりませんでしたが、例の新羅人ふうは見られていた」

「そこなんだ。あれで、本多大佐の後後漢の話が嘘だと思うようになった。新羅人の恰好をした間者が、あんなに無造作に姿を見られるということは、見つけてほしかったからだ。つまり、あれは日の本の人間だ。しかも、二人連れ。もうひとりはわれわれが倒した陰陽師だろう。タレントのある人間とない人間が組むのは、調略でも捜査でも、いろはのいだ」

「では、調略を仕掛けているのは本多様だと？」

「それにしては、その間者ふたりが死んでいる。敵対しているのは剣山たちだが、公家の剣山が、そんな荒っぽいことをするとは思えない。そもそも」

小壱郎は、ここで珈琲を飲み干した。すかさず、天晴がおかわりを注いだ。

「昨晩も言ったとおり、雪で四阿を埋めて、人を殺せると思う方がおかしい。よほど、間抜けな間者なのか。ばかばかしい。あの大佐は、間違ってもそんな者を使ったりはしない。よしんば、何か事情があったとしても、上級陰陽師が一緒に組んでいるのなら、術を破るなりして助けられるだろう」

「そこは、なんとも言い難いですな。腕に差があれば、上級同士でも破れぬことがあります。破れるにしても時間がとてつもなくかかることもある。しかし、雪で生き埋めにして殺すというのが無茶なことは確かです」

「ただ、今日、ちょっと気になることを思い出してな。もしかしたら、村に下りたのは無駄足だったかもしれん」

「気になること？」

「うむ。……アッパレ、テレソンは文や声を瞬時に遠くまで届けるが、人の身体をそうやって移動させる術というのは、ないのか」

「人の身体をですか」

天晴は少し考えこんだ。

「テレソンのように瞬時にというのは、無理でございます。しかし、極めて速く走る術ならございます」

「極めて速くというのは、どれくらいだ」

「唐国（からくに）の道教の術、道術でございますね。これに神行法（しんこうほう）というものがございます。足に護符を貼って呪文を唱えることで、一日におよそ七十里（一里は大人が一時間かけて歩ける距離）走れると言います。たいそう速く走れるわけです。ここからだと、安土までは間違いなく行けそうですな。正確には覚えていませんが、護符を二枚貼れば、もう少し距離が延びたはずです」

「安土まで一日。汽車と変わらぬではないか」

「ええ。ただ、日の本で用いたという例（ためし）があったかどうか……。やれと言われても、道術のトランスレイションから始めねばなりませんから、いますぐここで、というわけにはまいりません」

「どれくらいあれば、やれる」

「one hour。半刻（はんとき）もあれば」

「必要な道具というのは、あるか」

「まず、道術の手引き書。これを複式簿記というもので、陰陽術に転記していきます。このふたつは術のトランスレイションに必須です。あとは、各々の術で必要とされるものです。神行法の場合は、たぶん護符が必要になりましょうが、日の本のそれで代用できるかは、調べてみないと分かりません」

「すまぬが、暇をみて、その神行法のやり方を調べて、出来れば使えるようになっておいてもらえぬか」

「承知しました。神行法なら、持参の術華集（アンソロジー）に載っておりましょう。なければ、ここの蔵書を探させてもらいます」

「よし、頼む。いや、待て。昨日、ブラックウッド・コンベンションだったか、西洋魔術は、あの咄嗟（とっさ）のおりに、すぐ使ったではないか」

　小壱郎の不審そうな面持ちに、天晴は涼しい顔で答えた。

「私はソルボンヌ時代に、魔術師ギルドでマスター魔術師の資格を取ったと申しましたよ。英仏語で直接魔術が使える、バイリンガルの陰陽師でございます。トランスレイションの必要がございません。もっとも、トランスレイションの必要な術でも、あらかじめ準備して、何度か使っておけば、急場でもものの役にたちます」

　突然、階下から階段を駆け昇ってくる音がした。続いて鹿島田将曹の声。

「曲者（くせもの）！　出会（であ）え！　出会え！」

　まず、小壱郎が立ち上がった。廊下に出ると、隣りの自室に一度戻り、長刀一本だけ手にしてすぐに飛び出す。そのときには、ケープだけ羽織って天晴も出て来た。階段を昇って来たのは近衛のひとり。寝巻姿だった。将曹の声も騒ぎも、ともに一階から聞こえている。

「曲者は？」

小壱郎が問うと、衛士は口を震わせるばかりで、かろうじて下を指さした。しかし、それを待たずに、小壱郎も天晴も階段を駆け降りていた。小壱郎たちよりも奥に部屋がある本多大佐とその手勢も出て来る。少し遅れて、侍従たちが眠い目をこすりながら廊下に姿を見せたときには、小壱郎たちは一階の広間で、やはり寝巻姿の衛士が食堂を指差すのに従って、そちらへ向かっていた。暗い食堂は空だったが、左翼側から音がした。広間に出て、そちらへ行こうとしたとき、玄関の瓦斯灯の光越しに、窓の外を走る人影が見えた。一階の部屋のどこかの窓から出て、門に向かって走っているものと思われた。小壱郎と天晴は、玄関にとって返した。

外に出ると、暗闇の中、曲者の姿は走る影でしかない。小壱郎は間合いを五間と見た。目の前で、軍装の近衛がふたり、膝をついて射撃の構えを取ろうとしている。それより先に、小壱郎は小柄を投げていた。曲者は走りの速さを変えない。

「術師でございます。たぶん支倉流」

すぐ後ろで天晴の声がした。言うが早いか、天晴は印を結び、呪文を唱える。しかし、終わらぬうちに、近衛の二挺の銃が火を吹いた。当たった様子がない。天晴は術をかけ終わると叫ぶ。

「将曹、撃て。相手の術は解けている」

しかし、鹿島田将曹は、天晴と並んで立っている。前方にいるのは近衛のふたりだけで、ともに火を噴いたばかりの、弾丸込めが必要な銃を手にしていた。曲者の姿は見えなくなっていた。

「同時に撃つ奴があるか。この状況は、交互射撃だろう」

鹿嶋田将曹が怒鳴る。暗闇で顔は見えないが、真っ赤にしているのだろうなと、天晴は考えた。

「例のシシリアン・ナニガシか？」

小壱郎が天晴に近寄りながら言った。天晴は黙ってうなずく。

「さすがに、本多大佐の手勢は鍛えられている。と、そういうことか」

言われて、天晴は昨日のことを思い出した。確かに、あのとき、ふたり同時には撃たなかった。小壱郎は小柄を拾って納めながら、邸(やしき)へのんびりと歩いていく。

「大佐殿は、もうひとり支倉衆を呼んで、何がしたかったのかな」


「曲者は？」

戻るなり、小壱郎は本多大佐に訊ねられた。

「とり逃がした。陰陽師であった」

大佐は小壱郎の背後にいた将曹に質問した。

「賊を見つけたのは、誰で、どこでだ」

「私であります。一階を見回っておりますと、奥の使用人たちの住まいから物音がしました。一部屋ずつ見回って、ていの部屋に来たところで、逆に曲者が内側から扉を押し開けました。その隙をつかれ、食堂に逃げ込まれましたが、玄関の歩哨が先んじておりましたので、私は加勢を頼むことにしました。とり逃がしましたのは、近衛の非力。私の責任であります」

「賊がねらったのは、ていなのか」

小壱郎の問いに将曹が答えた。

「命をねらったものではないようです。無事は確かめました」

小壱郎はていの部屋に向かった。一階の奥に、その薄暗い部屋はあった。もとは秣小屋であったところをふたつに仕切って、布団を入れただけの粗末な部屋だった。布団の隣りに寝藁が小山になっているのが、なつめの寝所だったのだろう。

「隣りが畜一親子三人の部屋です」

鹿島田将曹がつけ加えた。

蠟燭一本の薄明りの中、ていは布団の上に座って震えていた。小壱郎と将曹が両隣りにしゃがんで、小壱郎が話しかけた。天晴と大佐は戸口で控えている。

「恐かったろう。曲者は追い払ったから、もう心配はいらぬ」

小壱郎の口調は穏やかだ。

「このまま休ませてやりたいところだが、出来るだけ早く事を解き明かしたい。何があったか答えてくれるか」

ていは怯えた面持ちのまま、ひとつうなずいた。

「もう眠りについてはいたのか？」

ていが再びうなずく。

「で、目がさめたのは？」

「音が」

「音がした。何の音だった」

ていが首を振る。

「よし。それから、どうした」

「目をあけると、人がいる気配がして……」

小壱郎は無言で先をうながした。

「真っ暗で、何も見えなかった……そうしたら、隣りの寝藁で音がして……」

「いつも、なつめが寝ている寝藁だな」

いきなり、ていが顔を上げた。素早く周囲を見回す。鹿島田と目があうと、問いかけるように見つめた。

「いいんだ。もう、なつめのことは話してもいいんだ」

鹿島田が静かに言った。その刹那、ていは顔をくしゃくしゃにして、はげしく泣き出した。

小壱郎は右手で自分の顔を一拭いすると、処置なしといった態(てい)で立ち上がった。

「明日にしよう」

小壱郎たちが広間に出ると、剣山が待ち構えていた。

「曲者は、ていを襲ったのですか」

「それは分かりませぬ。しかし、ていは無事でした」

「玄関には、近衛の歩哨がいたはずだ。賊はどこから入ったんだ？」

本多大佐が言った。それに答えるかのように、食堂(じきどう)から大声がした。

「厨房の勝手口の錠は異常ございません」

「すべての戸締りの確認を命じました」

将曹が控えめに口をはさむ。すぐに次々と、戸締りの異常なしという知らせが入った。

「錠というのは術か？」

小壱郎は将曹に向かって訊ねた。将曹は首を横に振る。

「数が多いので、いずれも簡単な差し錠です」

そのとき、小壱郎の肘を掴む者があった。軽くだが、有無をいわせぬ力で、広間の隅に引っ張られた。相手は剣山だった。

「賊の目的は何でしょう」

剣山の目は食堂を向いている。小壱郎が視線を追うと、本多大佐の後姿があった。

「それは、これから調べます」

「本多大佐の手の者ですか」

「それも、これから調べることです」

「あそこは、ていの部屋ですが、なつめの寝所でもありました」

「何がおっしゃりたいのです？」

小壱郎が剣山の顔を覗き込むと、剣山も小壱郎の目をじっと見ている。

「あの部屋の捜索をすべきではありませんか」

「何か出てくると？」

剣山は黙り込んだ。小壱郎はしばし剣山を見つめていたが、やおら広間の中央にとって返すと、大声で叫んだ。

「将曹。鹿島田将曹。ちょっと来てくれ」

何事かという表情を隠しもせず、鹿島田がやって来た。

「頼みがある。これから賊の入った寝所を捜索するから、手伝ってほしい。ついでに、その間、部屋の前に張り番をたてておいてもらいたい」

鹿島田将曹が手配りを終え、小壱郎とていの寝所に入った。ふたりで手分けして、虱潰しに探すことにした。小壱郎は、わざと将曹になつめの寝藁を調べるよう仕向けた。そして、隣りのていの寝所を改めるふりをして、じっと将曹の挙動を見つめる。将曹は、初め寝藁の周囲に残されたなつめの所持品を改めていたが、やがて畳んであった掻巻きを広げ、続いて寝藁をかき分け始めた。将曹の後姿に、小壱郎は不審なところを見いだせなかった。しばらくして、鹿島田の手が止まる。振り返ると、小壱郎に向かって言った。

「明智卿、こんなものが」

小壱郎の手元の燭台の下に、将曹は見つけたものを差し出した。手にはギヤマンの小壜があった。

(この男、一度もこちらをうかがわなかったな)

小壱郎はそう考えていた。

12　ふつう陰陽師にはやらせない

翌朝、天晴が食堂に下りていくと、小壱郎の姿はそこになかった。三人の侍従、将曹、本多大佐とうちそろっていて、それぞれ食事をとっている。天晴が座ると、口を開く前に、朝食の皿がさっと置かれた。堅く焼かれた饅頭様のパンがふたつと珈琲だ。鹿島田将曹が食べる手を止めて話しかけた。

「毎朝気になっているのですが、天晴殿が朝食にしておられるそれは、どういう食べ物なのでしょうか」

「Pastriesと申しまして、西洋流の御焼きですかな。最初の日に食せると聞きまして、頼みました。京でもなかなか見ない。以後、やみつきに」

「東の宮は食道楽なところがおありで、また、小春が小器用なものですから、いろいろ作らせては、献立にいれておいでです」

剣山が口をはさんだ。

「餡が、また、日ごとに異なる。贅沢な朝食をいただいております」

「天晴殿は、英仏帝国にいたことがおありなのかな」

本多大佐が突然口を開いた。

「はい。父が朝廷の通詞方でしたから。おもに大陸ですが、二十五年ほど」

「それで、あのような術が、咄嗟の折にも使えるのですか」

本多大佐はにこりともせず言った。

「左様。外津国の術は、もはや支倉流だけのものではございませんよ」

「これは真剣に申しているのだが、天晴殿、徳川で働く気はござらぬか。将軍直参の陰陽師として。天晴殿なら、まず五百石は堅い。いかがかな」

「ははは。これはこれは。貧乏公家には過分なお話ですな。徳川様は太っ腹と見える」

「真剣にと申しましたぞ」

「なら、考えておきましょう。ただし、いまは勅命により、明智卿のお手伝いをいたしております。これが無事解決するまでは、聞かなかったことにいたします」

あくび混じりの小壱郎が食堂に入って来たのは、その時だった。

「いや、一同おそろいで。すっかり寝坊してしまいましたかな。あ、いつも通り、珈琲だけでいいよ、拙者は。天晴、昨日の小瓶の中身は何だった」

天晴は、ここで言っていいのかというように、小さく首をまわして周囲を示した。

「構わないよ。ここにおられる方々は、隠し事が大好きな人たちばかりだ。そういう人に限って、壁や障子に耳目を潜める。いずれは露見すること。いま知らせても悪い道理はあるまいよ」

天晴は、苦笑すると、普段通りの口調で言った。

「阿片（あへん）でございました」

箸やフォークの音がして、次に沈黙がきた。言葉を発したのは鹿島田将曹だった。

「ご禁制の麻薬ですか」

「左様。それも希釈して用いるほどの濃さでした」

「なつめが隠し持っていたということですかな」

剣山が小壱郎に向かって言った。小壱郎は、まず、うなずいた。

「それを見つかる前に持ち去ろうと、昨日、賊が取りに来た。それが第一の考え方」

「ほかには？」

と大佐。

「なつめが隠し持っていたと思わせるために、昨夜、賊が隠しにやって来た。それが第二の考え方」

小壱郎は運ばれてきた珈琲に口をつける。

（どっちにしても、昨日の賊は謀（はかりごと）の一味だ。そして、そいつは支倉衆。つまり大佐が黒幕ということか）

天晴は手元の食卓布（ナプキン）で口元を拭いながら考えをめぐらせる。

（どうやら、剣山の言うことの方が正しいようだ。しかし……だとしたら、なぜ、大佐の手下ふたりが死んでいるんだ？　陰陽師の方はともかく、あの四阿で死んだ男）

「実を申せば、そのほかにも考え方はある。まあ、単に考えられるというだけの話ということでは、あるのんですけど……」

大佐は妙なことを言うという表情で、小壱郎を見た。大佐のみならず、座の一同に不審そうな色が浮かんだ。

「第三は、賊が入ったのを奇貨として、それに乗じて何者かが隠した。でなければ、逆に、隠すために賊を侵入させた。第一ないし第二の考え方を私にさせるために……」

小壱郎が言い終わるのを待たずに、大佐が激昂した。

「妙な言い方はやめていただきたい」

「事と次第によっては、徳川全軍を敵にまわすことになりますぞ」

「それこそ、妙な言いがかり。というより恫喝の類。ただしやな」

小壱郎は、そこで言葉を切ると、大佐の眼をひたと見据えた。

「考え方としては、確かにありますのや。そして、その場合は、我らに阿片を見つけさせることが目的となりましょうな」

部屋の空気が凍りついた。剣山でさえ、顔が蒼ざめている。

（どのみち、大佐が黒幕か）

「聞き捨てならん！」

「ですから、ひとつの考え方と申しておりましょう。まして、大佐殿がそのようなことを謀ったなどと、考えてもおりませぬ。そもそも、阿片を一体どのように、何に使うというのですか。ていなら食事に盛ることも出来ましょう。しかし、日がな鷹匠の修行をしていたなつめに、寝所でさえ、ひとりになることがなかったなつめに、いったい、どのような使い道があったか、こちらが教えていただきたいくらいだ。確かに、東宮様は日ごろのご評判に芳しからぬところがあるやもしれません。それゆえ、いささか強引な調略をも、恐れざるをえないのかもしれません。……失礼、剣山殿。しかし、この程度の宮中の評判は、誰しも承知のこと。それにしても、この阿片は強引にすぎましょう。調略の態すら成していない。大佐。拙者は大佐殿の能力だけは、毫も疑う気になれませぬ。大佐が企てたのなら、よほどのことがない限り、こんな無様な調略になることは、万に一つもございません。それに……」

小壱郎は、そこで間をとるかのように、珈琲茶椀に口をつけてみせた。

「これかもしれぬ、あれかもしれぬとは考えられても、結句、実際はどうだったのかとなると、誰にも分かりません。そんなことを、へたに細かく思案していけば、徳川全軍が敵などという物騒なことになってしまう。やめときましょうや。そういう話は」

それを潮に、侍従たちや将曹が席を立った。天晴は珈琲のお替りを頼んで、大佐が食卓を離れるのを待った。広い食卓にふたりきりになると、天晴は懐から昨日の小瓶を取り出して、小壱郎の隣りに座った。

「実際、これの使い道がわかりません」

「まあな。それに、ああは言ったものの、なつめが隠し持っていたと考えるのが、実は一番自然でもある」

「しかし、昨夜の賊も支倉衆。となれば、三つの場合のいずれも、謀ったのは大佐ということに……」

「そうなんだ。ところがな、私に賊の入った部屋を調べろと言った奴がいる」

天晴は驚いた。

「誰だと思う?」

「もしや」

「そう。剣山だ。これが大佐の謀だとしたら、剣山でさえ即座に見破るようなことだ。逆に剣山がそれに乗じて隠したとしたら、大佐は好機を与えたことになる」

小壱郎は、そこで、昨夜の発見の模様を話した。

「将曹が見つけたふりして隠したとは思えん。しかし、その前に剣山が隠しておくことは出来たはずだ。もしも、そうなら、剣山のやり方は露骨にすぎるが、機会を与えたのは、大佐らしくもない甘さだ。そもそも、無理をしてまで手下を侵入させる必要が、どこにあというのだ。それに、そのような荒事は、術を使う必要がないのなら、ふつう陰陽師にはやらせないものだ。だから言ったろう。よほどのことがない限り、こんな無様な調略になることはないと。一体全体、どんなよほどのことがあったんだろうな？」

食卓が片づけられても、小壱郎は動く素振りがなかった。退屈そうに座ったままだった。しばらくすると、窓外で、畜一親子が植木の手入れを始めた。やおら、小壱郎は立ち上がり、厨房に向かった。暖簾(のれん)を分け、首だけつっ込むと言った。

「おていさんを、少しばかりお借りできないだろうか。話を聞かせてもらいたいのだ」

ていが厨房からおずおずとやって来た。小壱郎は洋卓(テーブル)の向かいに座らせた。

「昨夜は恐ろしかったろう」

小壱郎がそう言うと、ていの身体がびくっと震えた。

「いやいや。すまない。怖がらせるつもりはなかったんだ。もう、賊はいないし、実を言うと、賊が何者で誰の手先かは、分かっているのだ。おていさんに訊ねたかったのは、昨日のことではなくて、なつめさんのことなんだ」

「なつめちゃん？」

「そう。昨日、将曹さんも言っただろう。なつめのことは隠さなくてもよくなったって。おていさんと、一番仲がよかったんだろう？」

「いや、なつめちゃんは……その……宮様の……」

「ああ。もちろん、そうだね。でも、女友だちの中では、おていさんが仲良しだったろう？　どんな話をしてたんだい？」

「鷹のこととか……寒いねとか」

「そうか。なつめさんは鷹匠の見習いだったな。寒いねというのは、なつめさんが言ったのかい？」

「はい」

　ていの口は重かった。しかし、小壱郎は、あせらず、ゆっくり話をすすめた。小春が、濡れた手を前掛けで拭きながら、厨房から顔をのぞかせたが、ふたりが話し込んでいる様子を見て、すぐに中に引っ込んだ。

「そうだ。忘れていた。実は、昨日、蒲生村に下りたときに、おていさんの家に偶然寄ったんだ。連れの天晴のケープが綻（ほころ）びてね。ひなつ屋の主（あるじ）に薦（すす）められて、繕（つくろ）いを頼みに行ったんだ。すると、そこがおていさんの家だというじゃないか。文（ふみ）をきちんと送っているそうだね。えらいもんだ」

　ていは照れたのか、紅をさしたような顔になった。天晴は、昨日の「あっぱれ」を思い出して、笑いを必死で嚙み殺す。

「ふたりで海の話をしたんだって？」

「はい。なつめちゃんも海育ちだから」

「へえ。駿河かい」

「もっと遠くみたい。国は暖かいから……ここは寒いって。雪を見たことがないんですよ」

「雪を？」

小壱郎の顔つきが変わった。しかし、ていはそのことに気づかない。

「雪って知らなくて。だから、見たいって言うんだけど……冬になっても降らない年もあるよって……でも、どうしても見たいんだって。小春さんや畜兵衛さんにも、雪ってほんとに降るのって聞いてまわってたから……」

「ふうむ。西国育ちで、雪を見たことがなかったんだね」

（甲斐の大名家から井伊の縁者に嫁いだ者の娘なら、西国とは無縁のはず）

天晴は、そう考えた。しかし、小壱郎の注意を引いたのが、そこではないことには気がまわらなかった。

「はい。だから、とっても楽しみにしてたのに……」

そこで、ていの顔が再びゆがんだ。見るまに、大粒の涙が目頭から流れ出す。

「また、思い出させてしまったな。さあ、泣かないで。いっぱい話してくれてありがとう。ずいぶん役にたったよ。なつめさんを殺した下手人は、必ず見つけるから。本当にありがとう。仕事にお戻り」

厨房に戻るていを見送りながら、小壱郎は振り返りもせずに言った。

「鹿島田将曹。ていと畜兵衛が昨晩隠れていた祠（ほこら）というのを見てみたいのだが、案内（あない）してもらえるかな」

天晴が振り返ると、食堂（じきどう）の扉のところに、将曹が控えていた。そのことにまったく気づいていなかった天晴は、少々驚いた。将曹もいきなり声をかけられて、びっくりしたようだった。

邸（やしき）を出て、坂道を下りていく。空気が澄み、空が青い。ひばりが飛んでいた。四阿へ上る小道へ曲がる。

「その祠というのは、邸の人間は、皆知っているのか？」

小壱郎が口を開いた。そこまで無言を通し、いつもとは異なった雰囲気だったため、将曹の言葉遣いも堅いものになっていた。

「はい。拝んだり、何かを供えるといったことはありませんが、祠があることは……」

「で、そこに畜兵衛とていを匿（かくま）った、と」

将曹が顔を赤くした。

（相変わらず、正直な男だ）

小壱郎は心の中でつぶやいた。

（その正直な男がな）

四阿の前に出ると、将曹は、さらに道を上る。左手の茂みには、支倉衆の陰陽師を見つけた杣道（そまみち）が通っている。しばらく歩くと祠があった。すすけて汚れていたが、床だけは、何かで拭って埃を払ってあった。中の広さは人が横になるのに充分だ。

「なるほど。抱き合えば、ふたりでも眠れるか。あの陰陽師も、ここに潜んでいたのかもしれんな」

天晴は、そこで何か調べることがあるのだろうかと、考えていたが、小壱郎は、すぐに四阿の方へとって返した。しかし、邸へは戻らずに、四阿の中に入って行く。天晴と将曹もそれに続いた。小壱郎は石造りの椅子のひとつに座り、将曹にも座るよう勧めた。小壱郎の背後で天晴は控えている。

「将曹殿。拙者は将曹殿に好感を持っている。だから、腹を割ってお訊ねしたいことがある。わざわざ邸を離れたのは、そのためだ。将曹殿にしては上手にやった方だが、それでも、たとえば本多大佐に比べれば、まことに見え透いている。拙者に嘘をついておるだろう？」

虚を突かれたのか、将曹の口がわずかに開いて、しかし、声は漏れなかった。

「この四阿に封をしたのは雪で埋まる前のことであろう？　中で死んでいた男はまだ生きていて、四阿には雪など一片（ひとひら）も降っていないうちのことだ。将曹殿は男を四阿に閉じ込めるために、気失せの封をかけた。天晴に教えられたのだ。封を破るときは、どちらの向きにかけられたものなのか、その方向は分からぬと」

「天晴殿がお調べになれば、すぐに分かることと、てっきり思っておりました」

　鹿島田将曹が口を開いた。

「露見すれば、明智卿には有態にお話しするつもりでした。ただ、本多大佐には隠しておきたかった」

「しかし、案に反してバレなかった」

　小壱郎は露悪的に笑ってみせた。

「そうか。それで、私たちが着いた夕方、翌朝を待たずに四阿を見せたのだな。あのとき、私が四阿を見たいと言うよりも先に、牛車が止まった。将曹殿の予定の行動だったからだ。つまり、本多大佐のいないところで、私たちに四阿を調べさせたかったわけだな」

「左様です。大佐が手の者に、駅に出迎えるよう命じているのを、たまたま聞いたので、先んじるために、ああいう場所でお迎えにあがることになりました。……ところが、四阿にお連れしてみると、詳しい調べは明朝ということになりました。そうなれば、本多大佐が同道することは必至です。もはやこれまでと覚悟いたしました」

「ところが、翌日の調べでも、封の向きはバレなかった。こっちはこっちで、なぜ四阿が雪でいっぱいになったかに、注意が行っていたからな。雪で埋もれているから、術などなくても四阿には入れないし、入ろうとする奴もいない。術の向きなど分からぬままだ」

「それで胸をなでおろしました。明智卿には悪かったのですが、このまま露見せずにすむかと思うと、ほっといたしました。それにしても、術をかけた時と向きを偽ったことが、どうしてお分かりになったのですか？」

「雪に埋もれて死ぬまで、ぼーっと待っている人間などいない。ということは出られなかったと考えるしかない。なら、気失せの封は四阿に入るのではなく、出るのを封じたのではないかと考えたまでだ。ならば、鹿島田将曹は嘘をついていることになる」

「しかし、気失せの封は、破ることが出来ます」

　天晴が口をはさんだ。

「確かにな。しかも、死んだ男は支倉衆の間者と見て間違いない。相棒の陰陽師は私たちが倒したから、こちらは術師ではないだろう。それでも、相棒の陰陽師は凄腕だったし、本多大佐の手の者ならば、死んだ当人も相当の使い手のはず。術を破って抜け出しても来ようさ。しかしな。それについちゃあ、考えるところがなくもない。まあ、慌てるな。そこでだ、将曹。術をかけたときの経緯を話してほしい。前夜のことなのであろう?」

「はい。まず、夕食ののちに侍従の剣山様に呼ばれました。なつめの姿が見えぬと。例の間者云々の話がありましたから、所在は常につかんでおくよう気をつけていたのですが……。ただ、剣山様のご様子からは、差し迫った感はありませんでした。それで、それとなく姿を探しながら、常の仕事をしていました。そのうち、木戸に封をするため、下りていきますと、坂の途中で、やはり下りていくなつめを見つけました。手にランタンをひとつ下げているだけです。追いついて、どこにいくつもりか訊ねますと、四阿へ行くということです。四阿に何の用かと思いまして、質しましても、笑って答えません。暗くなってもおりましたので、四阿へは一緒に行きましたが、ランタンを灯して、座っているだけです。ここでしばらくぼんやりしていたいと申します」

「ぼんやりしていたい」

小壱郎はくり返していた。

「奇妙なことだの」

「はい。真に。しかし、なつめに不穏な気配はありませんでしたし、本人がそうしたいというので、あまり遅くならぬうちに邸に戻るよう言い置いて、私は木戸に向かいました。ところが、坂道に出ようとしたところで、人の声を聴きつけました。身を隠して窺いますと、男がふたり話しています。今にして考えますと、大陸ふうの身なりの四阿で死んでいた男と、明智卿が討ち取った陰陽師ですが、そのときは、ふたりとも見覚えのない不審な男どもです」

将曹は木陰に身を潜めて、その男たちが話すのを立ち聞きました。

「四阿はここを上るのだな」

大陸ふうの身なりの男が問うと、陰陽師が答えた。

「そうだ。そこにいるはずだ」

男が懐から手ぬぐいに巻いた短刀を取り出し、中味を改める。将曹はただならぬ気配を感じた。咄嗟の判断だった。将曹は四阿にとって返すと、四阿から離れたくなさそうにするなつめの手を、無理やり引っぱるようにして、登ってくるふたりとは反対の祠の方へ連れ出した。

「四阿にいるはずというのが、なつめのことだとは思いましたが、それ以外は、何が起きるのか、想像も出来ませんでした。ただ不吉な感じがして、なつめを逃がさねばと考えました」

「ランタンは、そのとき、四阿に残してきたのだな」

小壱郎が確かめた。将曹は、それが何かというような面持ちで「そうですが」とだけ言った。小壱郎は先を話すよう言った。

鹿島田は、怪しい男たちがいるからと、なつめを祠の中に押し込むようにして隠れさせると、こっそりと四阿に戻った。遠目から四阿を見ると、置いてきたなつめのランタンのおかげで、中は明るい。大陸ふうの身なりの男が、ひとりで椅子に座っていた。周囲をうかがってみたが、もうひとりの男は影も形もない。そのとき、四阿の男と目があった。

「こちらは暗闇の中でしたが、互いに相手が気づいたことが分かりました。自分でも気づかぬうちに、四阿に気失せの封をかけて、男が出られないようにしていました。奴が陰陽師なら簡単に破るでしょうが、時は稼げると考えました。それが、まさか、あんなことに……」

「四阿の中で雪が降るなどと、思いつけるはずがない。将曹殿でなくてもな。それから、どうした」

「祠からなつめを連れ出しました。こんなところに隠していても、見つかります。あの山道は、かなり迂回しますが、鷹番小屋に通じていて、そこまで行けば清吉もいます。曲者よりは地の利があるはず。追いつかれはすまいと考えました」

「しかし、実際は、閉じ込めた曲者は、陰陽師ではなく、四阿で雪に埋もれて凍っていた、と」

「それが不思議なのです」

「やはり、なぜ、曲者が死ぬまで居続けたかが、分からないというわけですか」

天晴が言った言葉に、将曹が応えた。

「それもそうなのでしょうが。実は、なつめを連れて鷹番小屋に向かっている間、何者かに追われる気配がしていました。私はてっきり四阿の男が封を破って追いかけてきたものと思っておりましたのですが……」

「それは確かなことか」

小壱郎が質した。

「確かかと言われると困ります。小屋に入ってから、外をうかがいましたが、追手らしき気配はありませんでした。清吉が何事かと驚いていたのを覚えています」

「そのあとは？」

「近衛に召集をかけました。鷹番小屋やその他数か所に、召集用の合図が備えてございます。昼間は狼煙（のろし）、夜は花火をあげます。近衛の半数はこの鷹番小屋に残し、祠の方から曲者が来たら捕らえる。三名は小屋に、三名は草むらに伏せました。私と残りの半数はなつめと清吉を連れて、邸に戻りました。こちらも不寝番の配置をとりました。それで、朝まで過ごしましたが、何事も起きませんでした」

「その配置は、かねて決めてあったものなんだな」

「はい。鷹番小屋はその場で決めたことですが、邸は警戒配備でした」

「その後は、拙者の知っているとおりで良いのか？　翌朝、四阿の異変を見つけたと」

「そうです。無論、木戸が破られていたとか、足跡がついていたというようなことはなくて、昨夜の賊がどうなったか、まさか、その時まで四阿にいるとは思いもしませんでしたが、気になったので、確かめるために行きました。そうしたら……」

「雪でいっぱいだったと」

小壱郎はひとつ息をついた。

「そのときに、封を解くことは考えなかったのか」

「はい。いったい誰が雪に埋もれていて、なにが起きたのか、訳が分かりませんでしたので、剣山様に相談するまでは、手をつけずにおくのが無難かと思いました。しかし、邸に戻って相談しても、なにが起きたのやら誰にも分かりません。そうこうするうちに、本多大佐がいらっしゃいました。そうなってからは、封を解く暇がありませんでした」

「なるほど……。追いかけてきたのは、もうひとりの陰陽師の方だろう。戦場では、陰陽師は、防御と斥候を要求されることが多い。人を殺めるのは邪法になるからな。目の前で近衛に召集がかけられたなら、その布陣を見極めようとするのが、第一観だ。となると、追いかけてきた陰陽師も、そうしたと考えるのが普通だ。本多大佐も、陰陽師とは連絡が取れなくなっていたと言っていた。近衛が何のために、どのような布陣を敷いているのか、探ろうとしたんだろうな」

「その間は、単独行動もやむなしと」

「そういうことだ」

　そう言うと、小壱郎は立ち上がった。天晴と鹿島田もそれに従う。小壱郎は邸の見える一角から、彼方を見上げた。そのとき、以前にそうしたときのことを、そして、そのときに見た窓の光のことを思い出した。小壱郎は振り返って将曹に言った。

「将曹。嘘をついたことを咎めはしない。しかし、これ以上の隠し事はないであろうな」

「はい。ございません」

鹿島田将曹は間髪を容れず答えた。しかし、小壱郎は心の中でひとつ大きく息をついていた。

（これほど正直な男なのにな）

小壱郎は、将曹がまだ本当のことをすべて話してはいないことを知っていた。

13　花なんかでは、なさそうだった

邸(やしき)に戻る道すがら、小壱郎がのんびりした口調で天晴に話しかけた。

「例の速く走る術。神行法(しんこうほう)とか言ったな。あれは使えるようになったのか」

「複式簿記への転記は終わりました。あとは、一度使ってみたいのですが、なかなかその暇(いとま)が」

「将曹殿は神行法というのをご存じか。たいそう速く走る術らしいのだが」

小壱郎は後ろに従う鹿島田を振り返って言った。急に話しかけられて、鹿島田は驚いたのか、しどろもどろになった。

「いえ。それがしは、その……知りません」

「天晴、差支えなければ、試しにやるところを見せてはくれぬか」

「構いませんよ」

「邸に帰ったら、すぐにやろう。将曹。良かったら、将曹もどうだ。後学のために見ておくのも、面白かろうよ」

将曹は押し黙ったまま返事をしなかった。小壱郎をじっと見つめている。小壱郎は涼し

い顔ですたすた先を歩く。

小壱郎と鹿島田は、邸の門前で、複式簿記と護符を取りに部屋に戻った天晴を待った。小壱郎は何も言わずに、ひばりが飛ぶのを眺めている。鹿島田将曹は、一度何か言いかけたが、思い直して口を閉ざした。戻ってきた天晴は、袖なし外套（クローケ）もケープも脱いで、天晴の言う仕事着だった。手に持った二枚の護符を両足の踝（くるぶし）の上あたりに貼る。開いた帳面を見つめながら、ぶつぶつと呪文を口ずさんでいる。やおら顔をあげると言った。

「始めますか」

「やろう。事件当夜、将曹がなつめを連れて戻った道を逆に行くというのは、どうだ。祠（ほこら）から四阿（あずまや）に出て、坂を登って戻ってくるというのでは」

「ようございますよ。鷹番小屋までは行ったことがございます。将曹、その先はどうなっている?」

「一本道ですから、行けばお分かりになるかと」

「よし。では、始めよう」

天晴は呪文を唱え始めた。やがて、ゆっくりと駆け足を始める。昨夜、賊が逃げ去った方向へ走る。すぐに、その姿は揺れる影のようなものになって、彼方に姿を消した。しんと静かになった。残されたふたりは口を開かない。ひばりの鳴き声がした。小壱郎は声には出さずに数を数えていた。百まで数えなかった。蒲生村から続く坂道を、揺れる影のようなものが走ってきて、邸の前で止まった。天晴だった。

「驚いたな。どこかで近道をしたんじゃないだろうな」

笑いながら、小壱郎が言った。

「近道なんてものはございませんよ。それに速さに慣れませぬから、控えて走りました。慣れれば、もう少し速く走れましょう」

息をきらした様子もなく、天晴は言った。鹿島田将曹は押し黙ったまま天晴を見ている。小壱郎は邸に戻りながら天晴に話しかけた。

「さてと。アッパレ、以前言ったことがあったな。ひとつ調べてもらいたいことがあると。そいつを頼みたい、つき合ってもらえるかな」

そして、振り返ると将曹に声をかけた。

「剣山のところに行くだろう？　昼飯の前に、お話があると伝えておいてもらえないか。ついでに本多殿にも、お立ち会い願いたいと言っておいてもらえると助かるのだがな」

鹿島田を外に残して邸に入ると、しかし、小壱郎は天晴に先に部屋に行って待つように言った。自分は食堂(じきどう)へ入り、厨房をのぞいて、小春を呼び出した。いつものように、小春は前掛けで濡れた手を拭きながら、大柄な身体を揺すってやって来た。

「ちょっと訊ねたいことがあるんだ」

「なんでございましょう」

「お上や東宮がいらっしゃる時は、当然、お食事をお毒見するよなあ」

「左様ですね」

「誰がどこでやっている？」

「短命様が厨房でなさいます」

「短命様が？」

「はい。あの方は薬師の陰陽師で、毒慣れしておられます。毒が入っていたということは、これまでにありませんが、一度、夏場に生ものが悪くなっていたことがあって、一口含んだだけで、吐き出されました。こんなものをお出しする奴があるかと、それはきつく叱られました」

　火事さわぎのときに、短命が自分は薬師だと言っていたのを、小壱郎は思い出していた。

「そうか。で、毒見された膳は、小春さんが三階に運ぶのかい？」

「いえ、料理は駄目板を使います」

「だめいた？」

「料理を上に運ぶからくりです」

　小壱郎が不思議そうな顔をしていると、「ご覧になりますか」と言いながら、小春が厨房に向かった。暖簾のところで、小壱郎は一度立ち止まる。

「お武家様でも入ってよいのか？」

小春は少し困ったように苦笑した。

「そう意地の悪いことはおっしゃらずに」

小春は厨房に入る。入り口の脇に、板張りの小さな棚のようなものがあった。引き戸を開くと、中は膳よりもふたまわりほど広い。

「ここにお膳を置きます」

小春はそう言って、手近にあった空の膳を棚においた。引き戸を閉め、傍に垂れて輪になっている組紐の綱を引く。中で軋る音がする。次に小春が引き戸を開くと、底板ごと膳が消えていた。

「これで、膳がお上の部屋に備えられた棚に届いています」

小春はもう一度棚の戸を閉めると、組紐の他方を引いた。再度引き戸を開くと、膳が返ってきていた。

「召しあがったあとは、合図の音がしますから、こうして戻します」

「ほう。便利なものだな。これが駄目板というものか」

「左様です。なんでも、西洋わたりのからくりだとか。お上はそれほどでもございませんが、東宮様は西洋のものがお好きでございます」

「よく分かった。小春さんの説明は分かりやすくて助かる……そうだ。なつめが挿していた笄(こうがい)があったな。あれも西洋わたりだと、天晴が言っていたが、もしかして、東宮様からなつめに賜(たまわ)ったものか？」

「左様でございます。なつめはたいそう喜んでおりました。あの笄に、ていが触ろうとするだけで怒りだしたりして……」

そこで小春は何か思い出したかのように、言葉を切った。

「どうした？」

「いえ、その。……なつめは、あの笄がえらく気に入っていて……それで、東宮様に何かお返しをしなくてはと……」

「お返し？」

小壱郎の表情が厳しさを帯びた。目の前の相手に気取られぬよう、小壱郎は咄嗟(とっさ)に顔を伏せた。だが、小春は気づいた様子がない。

「はい。賜りものですから、そんなことは、かえってご無礼だと申したのですが、きれいなものか珍しいもので、ちょっとしたものと申しますので、野原で摘んだ花かなにかではと……」

小壱郎は伏せた顔のまま、上目遣いで小春を見た。

「しかし、花なんかでは、なさそうだった？」

小春と小壱郎は、ふたりして、黙ったまま何度もうなずきあった。

天晴を伴って、小壱郎は邸を出た。先ほど、天晴が神行法で走った方へ、とぼとぼ歩いていく。晴れてはいるが、冬の気配がして、わずかに寒い。

「どちらまで？」

「鷹番小屋へ行く」

小壱郎はしばらく黙って歩いていたが、やがて突然口を開いた。

「一仕事して、邸に戻ったら、文を書くことになる。上奏文だ。それを京に届けねばならんが、神行法で行ってもらえるかな。急ぐのだ」

「勅状に対する返書ということになりましょうか」

「そうだ。帝以外の者の目に触れてはならん」

「かしこまりました。ただし、封に少々時間がかかります。文の長さはいかばかりでしょうか？」

「極めて短かくてすむかと思う。しかし、長さが関係あるのか？」

「勅状およびその返書についての極秘の封は、文の一文字一文字にかけていきます。従いまして、術を解かないかぎり、開いても読めぬ文となりますが、同時に、封ずる陰陽師は、必ずその文の内容を知ることになります。ゆえに、これを授かります」

そう言って、天晴は黒塗りの懐刀を胸元にのぞかせた。飾り紐もなければ箔も文様もない。

「文の中身が漏れたとき、術が破られたか、陰陽師が漏らしたか、どちらにしても、この懐刀を用いて、身の始末をせねばなりません」

　小壱郎は唖然とした。勅状を拝したときのことを思い出す。確かに、開いたその後で、天晴が封を解いていた。

「拙者が受け取った勅状が、すでにそうだったのか？」

「左様でございます。従いまして、明智卿の意向に関わりなく、返書も極秘となるところでした」

　そして、天晴は笑いながらつけ加えた。

「これでも、命がけで、明智殿を権刑部卿に任ずる勅状をお届けしていたのですよ」

　鷹番小屋は納屋同然の小さなもので、所せましと、狩りの道具が置かれている。隅に、鷹匠　清吉の寝所らしき寝藁があり、籠に入った鸚鵡が一羽。小壱郎は入るなり、戸口付近を調べ始めた。すぐに目的のものを見つける。壁にあいた穴だった。小柄を用いて、その穴から何かを掘り出し、天晴の目の前に差し出した。

「短筒の弾だ」

　そして、懐から短筒を一挺。本多大佐から預かったものだった。

「こいつから撃たれたものであることを確かめてほしいんだ。それと、それがいつのことか」

弾丸が、その鉄砲から発射されたものかどうかを確かめるのは、西洋魔術で言う感応の原理の応用で、以前、織田の領内で陰陽師がやったのを、小壱郎は見たことがあった。天晴がやったのも、それと同じことだった。準備を整え、呪文を唱えると、目の前で弾丸が短筒に吸い込まれた。

「確かに、この短筒で撃たれたものですね。撃たれたのは一昨日（おとつい）のこと」

「一昨日（おとつい）のいつごろか、分からぬか」

「そうですね。なにぶん、時が経っておりますので……しかし、申（さる）の刻（こく）（午後三時から四時の間）あたりというところでしょう」

「ということは、やはり、発砲されて、大佐があの娘を斬ったということか」

「あるいは、斬ったのちに……」

「大佐自らが短筒を一発撃って偽装した」

天晴の言葉を引き取って、小壱郎は笑った。

「これでは、何も分かったことにはならぬな」

「弾の角度を見ましても、座った者が立っている者を射ったものと思われますし、そのように偽装したとも言えます」

「大佐が偽装したのなら、そのへんに抜かりのあろうはずがない」

「無駄足でしたか」

しかし、天晴の心配をよそに、小壱郎は言った。

「いや、何が起きたか、あらましは分かった。さて、邸に戻って、帝に報告の文でも書くか」

14　そこらが落としどころ

ふたりは天晴の部屋に入った。

小壱郎の書いた上奏文は、「蒲生御用邸事件吟味之御報告致候」という前書きと、最後の小壱郎の署名と花押を含めても、三行しかなかった。本文一行である。

「これだけで良いのですか」

天晴は驚きを隠せない。それでも、言われるままに、一文字一文字に呪文をかけていき、極秘の封をするのに、四半刻ほどかかった。

「神行法で行くとして、今日じゅうに着くだろうか」

「大丈夫だと思いますが、念のために護符を二枚貼ろうと思います」

「それと、もうひとつ、頼みがあんのや」

小壱郎はそう言うと、懐から取り出した手ぬぐいを開いた。なつめが挿していた西洋わたりの笄が、ていねいに包んであった。

「朝方、氷室に行って拝借しておいた。これを文と一緒に渡してもらいたい」

天晴は手ぬぐいで包むと、懐に入れた。受け取った瞬間、笄に術がかかっているのが分かった。天晴の表情から、そのことを、小壱郎も察したようだった。

「まあ、たぶん、これだろうと思って、持って来た。それと、文として残せないことなので、上奏文を渡すときに口頭で伝えてもらいたいことがある。この笄は、お失くしにならぬよう、そして、誰にもお渡しにならぬよう、と。とくに徳川にはな」

「かしこまりました」

「こちらに戻る必要はない。この返書を帝にお届けしたら、アッパレはお役御免だ」

さらに一呼吸おいて、つけ加えた。

「天晴殿と組めて良かったと思っている。おかげでお勤めを果たすことが出来そうだ」

「かたじけのうございます」

「なにしろ権刑部卿だからな。帝も危なっかしくお思いだったことだろうよ」

「また、そのようなことを」

ふたりして、ニヤリと笑う。

「では、文は託したぞ。拙者はこれから、ご一同に沙汰を申し渡すことにする」

食堂に、侍従の三人と本多大佐、それに鹿島田将曹が集められた。それぞれ洋卓に座を占め、大佐の傍らには兵士がふたり控えている。使用人たちには、全員、厨房で待つよう言ってある。

「では、此度(こたび)の蒲生御用邸における一連の殺生(せっしょう)について、勅命(ちょくめい)による権刑部卿として、この明智小壱郎光秀が、吟味の上、沙汰を申しつける」

　上座を占めた小壱郎は、一度言葉を切ると、居並ぶ面々の顔を見渡した。本来なら「一同、面(おもて)を上げよ」と言うところだが、洋風の食卓なので、そうはいかない。それでも律儀な鹿島田将曹は、頭(こうべ)を下げ「はっ」と一言発した。

「わずか数日の間に、三人の人死にが出ている。まず、四阿(あずまや)で正体不明の大陸ふうの装束の男。なつめという名で知られている鷹匠(たかじょう)見習いの女子(おなご)、そして陰陽師の男、これは本多大佐の配下で常吉という名だと判明しておる。大佐、それに相違ないな？」

　本多大佐は黙ったままうなずいた。

「なつめと常吉殺しについては、手を下した者は分かっている。常吉という陰陽師は拙者が斬った。取り調べの過程で、不審な者として逃亡しようとしたためだ。直接は毒を飲んでの自害だが、峰打(みねう)ちとはいえその傷は重く、捕らえられることを恐れての自害と考えられるので、拙者が殺(あや)めたと見なしてよかろう。これについては、一部始終を鹿島田将曹と本多大佐の部下が見ているので、吟味の余地はない。それで間違いないな」

　将曹と大佐の部下が「はっ」と短かく答えた。

「次に、なつめという女子についてだが、これも本多大佐が手にかけたものと、自ら認めている」

座にざわめきが走った。

（まあ、ここにいる皆が、ほとんど承知の上ではあったろうがな）

小壱郎はそう考えていた。それでも、小壱郎の口から公の場で明言されたのだ。

「本多大佐が手勢ふたりと、鷹番小屋の探索に出向いた折り、斬ったものだ。大佐の証言によれば、鷹番小屋に隠れ潜（ひそ）んでいたなつめが、大佐に見つけられたところで、短筒を撃ってきたために、やむなく斬ったということだ。さきほど小屋で撃たれた弾（たま）を見つけ、その時刻にその短筒から発射されたものであることを確かめた。このふたつの殺生については、拙者が事件の捜査のためにここにやって来たのちに、事件に付随して起きたことであり、しかも、片方は拙者が手をくだしたものだ。もとより、拙者も大佐も、御料地（ごりょうち）内で勝手に抜刀するという、無礼かつ明らかに法度（はっと）に反する所業を犯している。そのことに吟味の余地はない。したがって、このふたつについては、経緯（けいい）を明瞭にするにとどめ、近衛将（このえのしょう）監（げん）である針剣山（はりのけんざん）殿から、京の近衛府にご報告いただき、その上で、お上（かみ）の裁量に委（ゆだ）ねることとする。それで、よろしいな」

すぐに剣山が異を唱えた。

「明智卿についてはよろしゅうございます。しかし、なつめはいずこかの間者であった疑いがございます。それについての詮議は行われないのでしょうか。大佐の処遇は、その結果何如（いかん）で変わって参りましょう？」

「間者であったから撃ってきたのであろう」

即座に大佐が答えた。

「せやから、どこの間者かいうことです。仲間割れいうこともございましょ」

「まあまあ。お二方とも穏やかに」

小壱郎が半ば笑いながら仲に入った。

「なつめについての詮議は、のちに行います。それも含めて、剣山殿が近衛府にご報告なされば、よろしい。いま、ここで言い合いを始めますと、またも、徳川全軍が敵などということになりますぞ」

徳川全軍という言葉に、大佐はもちろん、剣山までバツが悪そうに押し黙った。

「では、吟味を続けます。そもそも、拙者と陰陽寮陰陽師安倍天晴が当地に赴いたのは、のちに正体不明の男と判明する死体が、雪で満たされた四阿にて発見され、その事件を吟味するためでした。調べた結果、男は雪に埋もれたための凍死であり、四阿を雪で満たすことは上級陰陽師の手でしか成しえないものであると判明しました。事件当夜、ふたりを目撃した鹿島田将曹によりますと、四阿で見つかった男と拙者が討ち取った陰陽師はふたり組みで、男は四阿でなつめを待ち伏せしていたと思われます。また、陰陽師の方は徳川家臣支倉（はせくら）流の上級相当陰陽師で、天晴が術を破るのにも手間どるほどの腕利きでした。すなわち、ふたりともに、支倉衆の攘夷処間諜（じょういどころかんちょう）。このことは本多大佐も認めていただけますな」

小壱郎は本多大佐に向かって言った。大佐は黙って小さくうなずく。

「当夜の模様は、近衛府蒲生分隊鹿島田将曹の証言を得ております。なつめが四阿でぼんやり考え事をしたいと、ランタンひとつを手に出向いたところ、そのことを承知の上で四阿に正体不明の男が向かったのを目撃したため、危機を察知した将曹が、なつめを逃がした。その際に、大陸ふうの装束の男の追跡をかわすため、その者が四阿から出られぬように気失せ(きう)の封をして、時を稼いだ。迂回して鷹番小屋まで逃げおおせた将曹は、その途中、追手の気配を感じたので、近衛を警戒配備したが、追手は姿を現わさず、翌朝、四阿を確かめたところ、四阿は雪で満たされ、正体不明の男は、その雪に埋もれて死んでいた。それに相違ないな、将曹」

「相違ございません」

「大佐の証言では、常吉と称する配下の上級陰陽師は当夜から連絡が途絶えていたとのこと。戦場(いくさば)での常の動きから考えますと、新たに陣が敷かれるのを発見した陰陽師は、その配置と目的を探るもの。おそらく、常吉もそうしたものと思われます。そのために連絡が一時途絶えたのでしょう。ただし、夜明けに鹿島田将曹が四阿の死体を発見し、京と小田原にテレソンで一報を入れてから、それを受けて鎌倉をお出になったにしては、本多大佐の着到は、あまりに早すぎる。しかも、常吉と連絡が途絶えていたというのも、嘘ではないようなので、常吉が知らせたとも考えづらい。ということは、大佐はこのあたりの、馬を飛ばせば駆けつけられる場所に出城をお持ちで、そこから駆けつけたということになる。さすれば、将曹がテレソンで知らせたことを小田原から、ないしは、さらに鎌倉を中継して転送されたものを、そこで受け取ったとしても、間に合いましょう。また、このことは、大佐が御料所にお出での際に、蒲生村のひなつ屋で一度も馬を替えたことがないという、ひなつ屋の主の証言とも合致いたします。ここでは、どこにいつごろから設けたかまでは問いますまい。そういう出城をお持ちということだけは、お認め願えますかな」

　本多大佐はしばし無言で考え込んでいたが、そこらが落としどころと判断したのか、

「認めよう」とだけ言った。

「ありがとうございます。さて、では、ここで、なつめという娘についての詮議に入りましょう。剣山殿もお待ちのことだ」

　小壱郎は笑みを浮かべて、剣山の方を見た。剣山は怒ったかのように、口を一文字に結んで、小壱郎を睨みつけた。

「剣山殿のご説明では、なつめはこの夏、甲斐のさる大名家の頼みで、鷹匠の見習いとして預かったとのこと。それをご滞在中の東宮様が見初め、お手がついた。たいそうご寵愛になったそうですな。ところが、ひと月ほど前、征夷大将軍付統合参謀本部攘夷処の本多大佐が、なつめという娘、井伊の縁者であり後後漢の密偵の疑いありとのご注進に及んだ。

本多大佐の言によると、出所は明かせぬが、そういう密告があったためでした。大佐の職務柄、明かせぬと明言されたものを問うことは、無駄ですのでいたしません。さて、大佐の注進を、侍従の剣山殿が東宮様に取次いだところ、一笑に付されたとのこと。しかし、念のため、なつめの身許を確認すると、甲斐から井伊の縁者に嫁いだ者の娘と分かった。左様ですな」

小壱郎が剣山に同意を求めた。剣山は「左様」と唸るように短かく言った。

「ところが、ここで奇妙なことになります。本多大佐が井伊に照会したところ、その娘は井伊の縁者のもとで息災にしているという返事が来た」

剣山の顔色が変わった。鹿島田将曹も「えっ」と声をあげた。

「テレソンで届いた返書を、拙者も見ましたが、確かに、井伊の家老の花押がありました。なつめの正体については、これで、ふりだしに戻ったも同然です。剣山殿、いかが釈明なさいますかな」

「いや……釈明もなにも……いま初めて聞くことで……」

「しかも、もっと不可思議なことがございます。ていや小春相手に、なつめは西国の海育ちであることを隠していません。甲斐の大名家であろうが井伊であろうが、その縁者であるなら、西国の海育ちということはありえない。井伊は大大名で、駿河三河遠江以外にも領地を持ちますが、いずれも関八州のうちで、西国にも海辺にも縁がない。身分を偽った間者は、それが露見するのを何より恐れるものですが、なつめには、それがない。一見、間者とは、とても思えません。それでも、なつめが身許を偽ってここに来たことは間違いない」

ここで小壱郎は一息つくと、一座を見回した。

「あるいは、偽られたふりをして、なつめを預かったか」

「無礼にもほどがある！」

剣山が激昂した。小壱郎につかみかからんばかりの剣山を制したのは、しかし本多大佐の落ち着いた声だった。

「それにしては、なつめの態度がおかしい。誰の命でなつめが身許を偽ったにせよ、それなら、西国育ちは是が非でも隠すはず。そもそも、なつめが本当に西国育ちかどうかは、本人の言葉だけで、まだ分かっていない」

剣山も小壱郎も大佐を見やった。

「さすがに、本多大佐は調略（ちょうりゃく）が御本職。剣山殿、落ち着いてくだされ。確かに、なつめの言動は調略のいろはからは逸しておりましょう。女子（おなご）の間者を送り込んで、東宮様の御寵愛を得る。調略としても、はなはだ迂遠なものです。しかも、なつめの言動は身許を偽っている人間のそれではない。それに、どうも、ここでのお二方の言を聞いておりますと、どちらも、なつめが何者かに送り込まれたことをお疑いではないようだ。しかも、その背後に何者かの調略があると、お思いのようだ。それは、すなわち、お二方とも、なつめを手下として使っているのではないということを、指し示しているように、拙者には見えますな。つまり、こういうことです。なつめの身許ひとつ、偽りきれていない。本多大佐にせよ、剣山殿にせよ、なつめを手下としてお使いならば、このような杜撰(ずさん)な調略にはなるはずがない。考えられることは、ひとつ。突然現われたなつめという娘を利用して、策を弄(ろう)したということです」

　沈黙の時がわずかに流れた。うめくような低い声で言葉を発したのは大佐だった。

「このために、こういう段取りで、なつめの正体を明かしたのか？……　我らは、明智卿に謀(たばか)られたのか？」

　小壱郎はすました顔で言った。

「なつめが何者かに送り込まれた間者なのかどうか。それは分かりません。確かなのは、身許を偽っていたということだけです。背後に何者かがいたとして、それが誰かも分かりません。偽られたふりをして、剣山殿か大佐が、実は黒幕であるということも、ないとは言えない。拙者は信じる気になれませぬが。先程も申したように、お二方どちらかの調略なら、もう少しましなことをなさるでしょう。ただ、目の前の機会をつかむに敏(びん)なことは感服(かんぷく)します。たとえば、突然の賊の侵入を、転じて、なつめが阿片を隠しもっていたかのように、あるいは、賊がそう偽るために、侵入したかのように見せるため、なつめの寝藁(ねわら)

に阿片を忍ばせるという手妻（てづま）を演じてみせた剣山殿です」

本多大佐の視線が剣山に動く。

「阿片のような物を右から左に用意できるというのが、感嘆に値いたします。さすがは筆頭侍従針一族（はりのいちぞく）。しかし、調略としては、子どもだまし。阿片はいかにも怪しげではありますが、今朝も申したとおり、使い道がございませぬ。確かに、お見立てのとおり、あの賊は大佐の手の者。支倉流の陰陽師。おそらくは常吉とそう腕前に差もございますまい。剣山様の動きは機敏ではありましたが、あの陰陽師が忍んだのには、相応のわけがございましてね。あのような小細工をなされましても、この明智の目はごまかされませぬ」

剣山にそれほどの動揺は見られない。むしろ、本多大佐の額に汗が一筋流れた。

「それに引き換え、大佐の調略はさすがのもの。なつめという娘がご寵愛を受けたと知るや、その身許に不審ありと、まずは注進に及んだ。なつめが、甲斐の大名家から井伊に嫁いだ者の娘だということまでつかんで、そういう娘が身許を偽って東宮様に近づいたと疑いの種を蒔（ま）いた。その手に乗った剣山殿が、なつめが井伊の縁者だったと知るや、今度は、その娘は井伊の許から離れていないと言わせる。そこまで、あらかじめ調べてのことでしょうかな。これで、準備は整いました。あとはなつめを間者に仕立て上げ、間一髪のところを防いでみせる」

小壱郎は、そこで本多大佐に視線を向けた。見つめられた大佐は動揺の色こそ見せないが、落ち着きを欠いていた。小壱郎は手ごたえを感じた。

「四阿で死んだ男は短刀を二振り持っておりました。足首に隠し持っていた方が、其奴の普段使いでございましょう。懐にあったのは唐わたりの値打ちもので、ていねいに手ぬぐいにくるまれていました。すぐにでも斬れそうなほど手入れはしてありましたがね。そこで大佐にお訊ねしたいのだが。あの男は、どういう目的で、あの四阿でなつめを待っていたのです?」

本多大佐は押し黙ったままだ。侍従たちや鹿島田は好奇心を隠さず、じっと見守っている。

「お返事がないなら、拙者が申し上げましょう。あの四阿に男が出向いたのは、そこでなつめの命を奪い、そののち、なつめの懐に唐物の短刀を忍ばせて、東宮様の命を狙う後後漢の間者を討ち取ったということにして葬るおつもり……」

「そうではない」

我慢できなくなったのか、本多大佐が小壱郎をさえぎった。

「確かに、なつめという娘に近づいた。使えそうな女子であったからな。外津国わたりの宝飾が欲しいというので、懐剣を与えようとしただけだ」

「あの短刀は宝飾品であると」

「左様。その通り」

「なつめが宝飾品を所望したのは、真(まこと)のことかもしれませぬ。東宮様にお礼がしたかったらしいですからな。しかし、それを懐剣にしたのは、なつめを刺客に見せかけるための、大佐の深謀遠慮というもの」

「しかし、懐剣を持っていたというだけで、其奴を殺して、刺客だと信じてもらえるわけがなかろう」

「普通の者なら、そうでしょう。しかし、なつめは身許を偽っております。おまけに、大佐は後後漢の間者だという密告も得ているはず。どこの誰が言ったことか、拙者は知りませんがね。そのような娘を、安易に東宮様に近づけた、侍従の剣山殿の責を問うことは出来ましょう。左様。本多様の狙いは侍従職針一族(はりのいちぞく)」

　剣山が「ひっ」と引きつった声を出した。立ち上がろうとして果たせず、洋卓(テーブル)に手をつこうとしてしくじり、かえって床に倒れこんだ。鹿島田将曹がかけより、三条が厨房に走った。すぐに水瓶の水を持って来る。

(おやおや)

　小壱郎は剣山を冷ややかに見つめた。

(この男、今の今まで、本当に大佐の狙いが東宮だと信じて疑っていなかったのか)

「剣山殿は、針一族とも思えぬ、うかつ者でござったか」

「そないに言われても」

水を一息で飲んだ剣山が、ようやくそれだけ言った。

「大佐が鷹番小屋でなつめを斬ったのは、もちろん、企みを完遂せんがためでもありましたが、それ以上に、調略上の必要から、大佐はすでになつめに近づいていた。拙者の取り調べで、それが露見すれば、今度は本当に調略ありと思われても言い逃れが出来ませぬ。なつめの口を封じる以外ないように追い込まれていた。そこで、鷹番小屋で見つけたふりをしてなつめを斬り、短筒の弾を擬装した。なつめと大佐は通じていたからこそ、不用心とも思えるわずかな手勢で、鷹番小屋の捜索に行ったのだし、四阿でなつめを待っていた大陸ふうの装束の男は、姿を隠さず堂々と四阿で待っていた。ですが、その者は、なつめを間者として亡き者とする命を帯びていた。そして、それゆえに、四阿で雪に埋もれて死ぬことになったのです」

15　素朴な疑問が、誰からも出て来ない

小壱郎は剣山が落ち着くのを待った。やがて、おもむろに話し始める。

「鹿島田将曹は無鑑査ながら中級相当の陰陽師で、なかなか厄介な気失せの封をかけます。蒲生村からの帰りに、拙者、天晴の立ち会いのもと、試しに封に反して木戸を越えてみましたが、たいへんな思いをいたしました」

「お破りになったのですか……術を用いずに」

将曹が感嘆の声をあげた。信じがたいというように首を振っている。

「破れることは破れますが、毛ほども気をゆるめてはなしえぬ難事です。ただ、拙者に出来たのですから、調略を専門に大佐に訓練されたであろう支倉衆の者なら、おそらく破れたことでしょうな」

「それなら、なぜ雪に埋まって死んだのだ？」

「全身全霊を賭けて、術を破ることに専心せねばならぬからです。あの男は四阿で極秘の重大な任務を帯びていた。なつめと落ち合い、諜者に見せかけて殺すという任務です。なつめがすでに連れ去られていたとは気づかず、やって来るまで、待っていたことでしょう。

初めは出られぬことにすら気づかなかったかもしれません。ところが、不思議なことに四阿の中で雪が降り始めた。それでも、待ち続けたことでしょう。だが、いつまで経っても雪は降りやまない。なつめも現われない。のちに天晴の調べで、四阿に残っていたランタンにはテキサス転移法（トランスファー）という西洋魔術がかけられ、そのランタンを通して、陰陽術による雪が降り続いたものと、判明いたしました。ただし、このテキサス転移法（トランスファー）は、一度にひとつの術しか転移させられぬため、雪を止めることが出来ません。かなり経ってから、中にいた男は身の危険を察知したことでしょう。しかし、四阿から出ようとしても、将曹の気失せの封がかかっている。先ほど申し上げたように、この術は心にわずかな隙があっても破れませぬ。成さねばならぬ大事な役目があると心の片隅にあるかぎりは、常に、そのことが、あの者の気を挫（くじ）き、術を破って抜け出すことは叶わぬのです。それは、なつめに懐剣を渡すなどという簡単な役目では、ありえませぬ。重大な役目だったからこそ、あの者は、四阿から出られなかったのです」

　一座はしんと静まり返った。その中を小壱郎の声が響いた。

「四阿を雪で満たすのは、上級の陰陽師でなければ、出来ぬことです。ただし、術で人を殺（あや）めるのは禁忌中の禁忌の上に、四阿を雪で満たした陰陽師は、ランタンを用いて、その場にいることなく、施術していました。そもそも、雪で生き埋めにして殺すなど、不確実きわまりない。まして、鹿島田将曹が気失せの封で男を閉じ込めるなど、誰にも予想だに出来ません。このことから分かるのは、その陰陽師はあの男を殺すために、雪を降らせたのではないということです。従って、修羅の相が出ることもない。一方で、鹿島田将曹にも、四阿の中で雪が降るなど、分かろうはずがない。したがって、将曹にも修羅の相が出ることはありません。支倉衆の上級陰陽師の常吉には、前もって邸にあったランタンにテキサス転移法をかけることなど、出来ませんし、そうしなければならぬ理由もない。この男の仕業でもございません」

　皆、一様に黙りこくっている。その沈黙に、小壱郎は、またも手ごたえを感じていた。

(では、一体誰が？　という素朴な疑問が、誰からも出て来ない)

「ご承知のように、いま、この邸に、上級陰陽師はおりません。拙者が到着した翌日、鷹番小屋を含めて捜索しましたが、いま、この邸にいる人間以外の者はいませんでした。しかし、だからと言って、拙者が到着したその時に、邸にいた全員が私の前に姿を見せたとは限りません。事実、剣山様はお加減悪しく、翌日まで自室に籠っておいででした。その剣山様の手配りあらば、人ひとり隠すくらい造作もないことでしょう。ですが、本多大佐は、そうはいきません。配下の者と連絡が途絶えているところに、何者かの死骸が見つかった。陰陽師であれ誰であれ、匿い逃がすわけがありませぬ。拙者は初め、早朝に抜け出せば、安土行きの列車に乗れるものと考えていました。しかし、落ち着いて考えてみると、発見された骸はどこの誰のものかも分からないどころか、何が起きたのかも、すぐには分からなかったでしょう。それでも、分からないなりに、とりあえず、京と小田原にテレソンで一報を入れねばならない。これが遅れると、後々(あとあと)疑われることになる。しかるのちに、なつめや将曹から事情を聞き、あれこれ勘案して、ようやくおぼろ気ながら事情が分かるまでには、少々時が必要でしょうな。ところが、そこで、予想よりはるかに早く本多大佐の一行が着到した。その大佐の目を盗んで、問題の上級陰陽師が抜け出すのは、難しゅうございましょう。仕方なく、剣山様はお加減悪しくということにして、件(くだん)の上級陰陽師とふたり部屋に籠った。同時に、すぐにやって来るであろう拙者には、なつめという娘のことは一切隠すことにして、鷹番小屋に逃がし、本多大佐には暇(いとま)を出したと嘘をついた」

小壱郎はしばし間をとった。全員が固唾(かたず)をのんで小壱郎を見ている。

「ここで思い出すのが、四阿を調べに行ったときに起きた小火(ぼや)騒ぎです。あの時、大佐の手勢二名が、歩哨(ほしょう)に立っていましたが、火事の報せを受けて、ひとりが大佐に報せるべく走っている。そして、ここが重要なところですが、四阿で火事の報せを受けたちょうどそのとき、我々は不審な男――のちに陰陽師の常吉と分かりますが――その常吉を見つけたところでした。大佐は迷った末、邸に戻りましたが、のちに大佐が語ったところによると、そこで我々に見つかったのは、連絡の途絶えていた常吉ではないかと考えたそうです。その常吉を放っておいてでも、邸に走った。つまり、邸の火事は大佐に想定されていなかった。ということは、大佐の手勢も予期していなかったということです。その騒ぎの隙になら、匿っていた上級陰陽師を逃がすことが出来申す。神行法を使えば、どこへでも走って逃げおおせましょう。違いますかな、剣山様」

剣山の方を向いて問うたものの、小壱郎は視界の隅に収めた本多大佐を注視していた。本多大佐の表情には動きがなかった。剣山は黙ったままだ。

「では、その上級陰陽師とは、どのような者でしょうか。第一に、テキサス転移法に邸のランタンを用いることが出来る。第二に、侍従針剣山様をお味方につけられる。第三に、剣山様のみならず、鹿島田将曹も、その者の存在に沈黙を守ってくれる。失礼ながら、権謀術数に長けた剣山様とは違って、将曹はお役目第一の忠義者です。その正直な将曹が、慣れぬ隠し事にまで加担した。のみならず、邸の使用人すべてに到るまで、この上級陰陽師をいないものと、口裏を合わせさせることが出来る者。第四に、この邸で一晩匿ってもらえる者で、神行法で走れば、さらに安全な隠れ家を持っている者。第五に、小火騒ぎが起きたとき、拙者たちが四阿にいるのを、邸の三階から遠眼鏡で確かめていた者がいる。三階の窓が光るのを拙者が見ております。そのときの皆の居場所を確かめた上で、神行法で走り去った者。第六に、到着した翌朝、たまたま厨房を覗いた拙者は、小春から男子禁制を言い渡されましたが、その際、侍従がお一方厨房にいました。のちに、賀茂様と思い当たりましたが、賀茂様の厨房でのお役目はお毒見でした。すなわち、その時、お毒見の必要な朝食があったのです。その朝食を摂った者。そして、第七に、当夜、なつめにランタンを持たせて四阿に向かわせ、そこで雪を降らせた。なつめが一度も見たことのない雪を見せるために、雪を降らせたのです。人を埋もれさせるために雪を降らせる者などいません。しかし、好いた女子に雪を見てみたいとせがまれれば、雪を降らせて見せる陰陽師はおりましょうよ。その者こそが四阿を雪で満たした上級陰陽師です」

剣山はぎょろりと目を剝いて唇を震わせたが、言葉はなにも発しなかった。次侍従のふたりは面を伏せたまま、上目遣いに剣山と小壱郎を盗み見ている。鹿島田将曹は分かりやすい。顔を真っ赤にして背筋を伸ばした姿勢で、口を真一文字に結んでいる。本多大佐は無表情のままだ。

「四阿で雪に埋もれて死んだ男は、ここまでに述べたような、不幸な偶然が重なった上での事故によるもの。よって、この件に関しては、科を受ける者はなし」

小壱郎は一度言葉を切ると、すぐに本多大佐に向かってつけ加えた。

「我々の留守中、天晴の部屋に忍び込んだ、上級相当の陰陽師と思われる者がいる。おそらく、ていの寝所に忍んだ男と同じ者であろう。本多大佐の手の者と信じる理由がある。天晴の部屋に忍んだのは、ランタンを調べるため。そんな手間はかけずとも、訊ねてくれればお教えしたのだが、それはよかろう。そののち、ていの寝所に忍び込んだのは、なつめの持ち物から、ある物を探し出すためでござろう？　それは四阿に降る雪を止めるための術をテキサス転移法した品物、変性の術をかけた上級陰陽師が、術を止める手立てを講じていた証(あかし)の品。それを探しだすためです。それゆえ、そのような手荒な真似にもかかわらず、陰陽師を使わねばならなかった。この、雪を止めようとする意志のあったことを示す証の品が、何者かの手で握りつぶされることにでもなれば、その上級陰陽師に、過失とはいえ、ひとりの男を死なせた責任を追及できるやもしれませぬ。そして、そのことを梃子(てこ)に、良からぬ調略が企まれることもありえましょう。拙者は、大佐殿が配下の陰陽師――その者は、外から侵入したかのように、屋外に逃げて見せましたが、拙者は、大佐の供回りの中のひとりと考えております。でなければ、天晴の部屋に忍び込めますまい――その陰陽師を使って謀(はか)られたのは、かような調略を防ぐため、証の品を保全せんがために行ったことと信じております」

小壱郎は大佐の眼をひたと見据えた。大佐は奥歯をぎゅっと噛みしめて、小壱郎の視線に応える。眼を血走らせ、唇を震わせているが、一言も発しなかった。

「ですが、万に一つ、そのような調略があったとしても、すでに、その証の品は、拙者が誰の手にも届かぬところに委(ゆだ)ねております。それゆえ」

小壱郎は剣山の方に向き直った。

「針剣山侍従におかれましても、ご心配は無用」

そして、小壱郎は、あらためて各人を眺め渡した。

「以上の沙汰(さた)を、権刑部卿(ごんのぎょうぶきょう)として一同に申しつける……小春さん」

小壱郎は厨房に向かって、声を張った。

「腹がへったよ。昼飯にしてもらえないか。……そうだ、ペイストリーズというのを試してみたいの」

16　面白半分に術を使うな

織田の殿様に蒲生御用邸の沙汰について報告し、退出した小壱郎は、小姓の森に呼び止められた。

「明智様、お客人がお待ちです」

少し面倒な気がした。普段と異なり、裃をつけた正装で、いささか窮屈だった。それで客と会うのは億劫だ。しかし、応接の間に入ると、小壱郎の顔が明るくなった。衣桁に見覚えのある黒い袖なし外套とケープがかかっている。当の相手は、仕事着姿で頭を下げている。

「天晴殿か。さ、面をあげよ」

天晴は顔をあげると、まず、小声で言った。

「実は、内密のことで、誰にも申し上げられなかったのですが、帝より御宸筆をお預かりいたしております」

「御宸筆?」

小壱郎の顔色が変わった。あわてて、天晴に上座を譲る。自らは座って頭を垂れた。天晴はまず書状の封を解き、しかるのちに、一文字一文字にかけられた封を解いた。小壱郎は差し出された宸筆を押し頂き、すぐに読んだ。

「嬉しいことだの」

　書状を収めながら、小壱郎は言った。

「おめでとうございます」

　天晴が言った。

「あの上奏文（じょうそうぶん）で、真意をお伝え出来たか、実は少々不安であった」

「左様（さよう）ですか?」

「天晴は読んでおろう?」

「私の口から申すわけにはまいりません。目の前の明智卿が、何者かの変装であるやもしれませぬ。そうなりますと、身の始末をせねばなりません」

「ふふ。それでこそ、陰陽寮の陰陽師か。……東宮殿下がすべてご説明なされます」

　小壱郎は、自ら一行だけの上奏文を諳（そら）んじた。

「皇統にタレントのある者が生まれたのは、古今（ここん）初めてのことだろうな」

「そのことにつきまして、文に残せぬゆえ口頭で申し遣ったお言葉がございます」

「伺おう」

「一切他言無用」

「かしこまりました。しかしなあ、天晴。針も徳川も、その中枢（ちゅうすう）はすでに知るところ。列車でのんびり帰ってみると、織田の殿様もご存じだった。羽柴もつかんでいるだろうさ。京から漏れているとしか思えぬ。そもそも、東宮様には、いささか軽はずみなところがおありだ」

「確かに。奨励会で一番に習うのは、面白半分に術を使うな、ですから」

「暴れん坊天皇にならねばよいがの」

ふたりはため息をついたが、その表情は穏やかだ。

「アッパレのことだから、京に戻る途中で、あの笄（こうがい）に術がかけられていたことは、確かめたであろうな」

「はい。テキサス転移法（トランスファー）でした。ある程度以上、笄が湿り気を帯びると、雪を降らせる術を止める呪文が働くよう、かけられておりました」

「なつめが、四阿（あずまや）にいれば、適当なところで降りやんだということか」

「左様でございます」

「陰陽術とは不便なものだな」

ふたりして含み笑いをする。

「京へは急ぎ戻るのか？　そうでなければ、めしでもどうだ。鯉（こい）の旨いのを食わせる所がある」

「それは結構ですな。お供いたしましょう。しばしお待ちいただけますか。織田のお殿様にご挨拶をして参りますので」

そう言って、天晴は襖を開け、小壱郎に一礼した。袖なし外套とケープを腕にかけ、廊下を奥へと歩んでいく。天晴の姿が見えなくなると、小壱郎は先ほど賜った文を、もう一度開いた。

文面は短かく、素っ気なくもあった。

明智小壱郎光秀　権刑部卿　越前守

朕は、此度の蒲生の事件における、卿の働きと沙汰に大変満足している。明智家では、照和院の御代に帝都の怪人を捕縛した功により、当代刑部卿明智光秀の幼名小五郎が柱名とされていると聞いた。朕は此度の功績により、明智小壱郎光秀権刑部卿に柱名小五郎の襲名を許すこととする。これからも、征夷大将軍職の何如に拘わらず、権刑部卿として、朕と日の本のために働いてもらいたい。

文の末尾に「行人」とだけ署名があった。今上の名である。

「征夷大将軍職の何如に拘わらず、か」

くり返し二度読んだのち、まもなく小五郎となる小壱郎は、そう呟いた。

将軍三家のうち、俗に乱世の織田と呼ばれる安土の殿様が、最後に将軍職を退（しりぞ）いてから五十年以上が経っている。織田が将軍職にないうちは、明智に刑部卿がまわって来ることはない。いまなら法水卿。羽柴に大命が下れば金田一が刑部卿だ。

（気安く、使われている気がしないでもないな）

それでも、そう悪い気分ではなかった。

（権の一字がつくとはいえ、拙者（せっしゃ）これでも刑部卿。だからな）

文を畳み、懐（ふところ）に入れたところで、天晴の「お待たせしました」という声が背後からした。袖なし外套（クローケ）もケープも羽織り、小壱郎より頭ふたつ近く背が高い。

「まず、拙宅にお寄りいただきたいのだが、構わぬか。どうも、裃というやつが苦手でな。いつもの装束に着替えたいんや」

そう言うと、天晴は小さく笑った。

「折衷（せっちゅう）ばさらですな。ようございますよ」

ふたりで歩き始めたとき、さらに背後から声がした。

「明智殿、それから安倍様も。……少々お待ちを。少々お待ちを」

小姓の森が走りながら叫んでいる。何事かとふり返る。

「明智殿。京からテレソンです。明智光秀権刑部卿に大至急参内せよと。それから、当地にまだおいでであれば、安倍天晴様も伴うようにと。おそらく、明智卿が安倍様をご指名になるであろうからと」

小壱郎と天晴は顔を見合わせた。そこに駆け込んできた森が、息を整える暇もなく言った。

「お急ぎください。京一条行きの列車が出るまで、あと半刻もございません」

「やれやれ、鯉はおあずけですな」

天晴の言葉に、英仏帝国視察時に楽しんだ西洋の読本の一節で、小壱郎は答えた。

「急ごうワトソン、いまなら十時の汽車に間に合うぞ」

柱名

武家の代々の当主のうち、とくに功績著しい者、中興の祖と呼ぶに相応しい者の幼名や仮名を、柱名と呼んで遺す風習。……天下三分の計以降、将軍三家以外の武家は、開祖もしくは将軍三家に最初に臣従した者の諱を、代々当主が継ぐのが一般的となった。その後、その諱の初代を凌ぐ傑物が現われた際に、その功績を顕彰し、その者の幼名や仮名を柱名として遺し、後代それに匹敵する者が出たときに、勅許を得て、その名を継ぐ風習が出来た。……とくに、将軍三家の刑部卿職である、明智、金田一、法水各家の柱名である小五郎、耕助、麟太郎は、刑部の三柱と呼ばれて有名である。

……近年の柱名襲名の例としては、零和院の御代に、蒲生御用邸某重大事件を無事解決した功を以て、織田家家臣明智小壱郎光秀が、柱名小五郎を襲名している。……

日の本大百科事典　第十三版

天正十年六月一日の陰陽師たち

Too Many Onmyoujis

本能寺（ほんのうじ）の変

天正十年六月一日から翌二日にかけて、織田信長（おだのぶなが）に対して企（くわだ）てられた謀反（むほん）。……

日の本大百科事典（エンサイクロペディア・ヒノモテイカ）　第十三版

六月一日本能寺

朝の卜占（ぼくせん）は常の行であって、格別の予感があったわけではなかった。身を清め、装束を整えて、一呼吸する。新しい殿に仕えて三月ほどだが、いまだに慣れないものがある。短気な上に、怒らせたときの仕打ちに容赦がない。陰陽奉行（おんみょうぶぎょう）の長谷川宗仁（はせがわそうにん）の話では、殿がまだ尾張（おわり）一国の主（あるじ）で、しかも守護ですらなかったころ、用いてみた都落ちの陰陽師や各国まわりの修験僧が、騙（かた）り派ばかりで、ろくなことがなかったらしい。

「それに比べれば、温泉印（おんぜいいん）殿の卜占は確かなもの」

そう、一応は言われているが、自分の腕のほどは自分が一番良く知っている。京での戦（いくさ）

のさなか升二盛りの米と引き換えに、都落ちする陰陽師から手に入れた巻物を、我流に二度さらっただけだ。童のころ、京で陰陽寮の偉い人から「能有り」と一度だけ言われたのを、支えにしている。話を漏れ聞いていると、筒井、明智といった武将たちは、京に通じているように見える。ボロが出ぬよう、出来ないことは出来ないと言うことにしていた。

昨日まで出ていなかった卦が出ていた。

（大きな災いが来る）

たった一日で、このように卦が変化することがあるのか？　そう考えて、一度やり直してみた。結果は変わらない。

（西に大将軍は不吉。攻め来る者あり。急げ）

悪い話を殿の耳に入れたくはない。しかし、告げないわけにはいかない。凶事が起きてしまっては、それこそ首が飛んでしまう。殿の御座所に向かう。ここ数日、梅雨の雨が降り続いている。庭を見ると、昨夜の強風で、西の魔除けとして地面に刺した梅の枝が倒れていた。仕事はしてますよという素振りを見せるためだけのものだから、それだけなら、気にすることもないのだが、のみならず、塀沿いに植えてある梅の木の大きな枝まで折れていた。

不吉なことだった。

五月八日　備中高松

占うところを見られるのを、文宣はさして気にしない。

（筑前守とは大そうだが、所詮、尾張の百姓ではないか）

口に出してそうは言わない。しかし、田舎者に術の何が分かると思っている。ただ、いまは一緒にいる相手が悪い。男は中背だが、尾張の百姓と並ぶと偉丈夫に見える。しかし、片足がわずかに萎えている。目つきからして温和だが、不思議とこの男には何もかも見透かされているような気がした。陰陽術について、何度か誤魔化しの利かぬ問いを受けたことがあった。

「向こうひと月の雨の降りようを確かめよ」

問われたのは、それだけだった。黙々と易をたてる。

「殿は肝がすわっておられる」

背後の声が、文宣の耳に入って来た。

「……殿から、あれほどせっつかれても……時をかけてゆるりと……」

一方の声は低く、時として聞き取れない。

「毛利の水軍が健在なうちは、そう簡単に落ちる城ではない」

「瀬戸内は調略できましょう。大友の爺さんをこちらにつければ……」

声が止んだ。不審に思って文宣は背後を盗み見た。ふたりは占いには気がいっていない。

「確かに、西国でもっとも手ごわいのは毛利。毛利と大友、どちらが強いかと問われれば、それは毛利だろう。しかしな、官兵衛。こう問えばどうだ。毛利と大友、御しやすいのはどちらかと」

再び声が止んだ。だが、今度はすぐに、言葉が続いた。

「大友と組んで毛利を攻めてはならぬ。毛利と組んで九州を攻める。いや、毛利に九州を攻めさせねばならぬ。そのためには兵を温存し、力の差を見せつけて、毛利を落とさねばならぬ。毛利は一向衆や叡山と違って、損得勘定をする。そうさせてしまえば猫の子同然」

「殿にはかないませんな。芸備防長を与えておけば、毛利は言うことを聞くと」

「血迷うたか、官兵衛」

突然、尾張の百姓が声を張り上げた。文宣は思わずふり返っていた。しかし、ふたりとも顔に笑みを浮かべている。

「芸備防長を与える？　それを芸備二国に値切るのが、そちの才覚であろうが」

しばし、静かになった。ころあいを見て、文宣がふり返る。

「分かりました。これより五日から七日のうちには、梅雨に入りましょう。遅くとも十日のうち。雨は降り続き、降りやむことがありましても、二日続くことはないと、出ております」

「雨の量は？」

官兵衛が訊ねる。

「そこまでは分かりかねますが、常とそう変わりはないかと」

「良し。水攻め決行じゃ。築堤(ちくてい)奉行は蜂須賀小六(はちすかころく)。官兵衛、力を貸してやれ。五千の兵を以(もっ)て十日で堤を作れ」

「殿。さすがにそれは無理というもの。十日なら倍の一万は入用です」

「一万は割(さ)けぬ」

「それもごもっとも。七千いただければ、二、三日の遅れで作れましょう」

「良かろう。……官兵衛、おぬし、値切るのが上手いではないか」

五月十七日安土(あづち)

突然の帰還の命令に、準備が慌ただしかった。雨の中、荷と人とを乗せた馬が轡(くつわ)を並べていく。それを眺めながら、明智光秀配下の陰陽師小野雅博は、自分はいったい、安土に何をしに来たのだろうと思っていた。徳川家康一行の饗応の準備の段階では、方角が悪いだの、方違えが必要だのと、雅博の出番も多かったのだが、それはもっぱら坂本でのこと。念のために安土まで伴をしたものの、饗応が始まってみればやることがない。殿が粗相をして、織田の殿様の不興をかったという噂が、家臣の間で囁かれ、騒然となったものの、どのような粗相で、どのくらい信長公を怒らせたのか、考えもつかない。饗応役は解かれたが、それは西国に戦に行くためで、粗相のためとは思えなかった。そもそも、明智の殿様が粗相をするというのが、雅博には考えづらい。

（あのお方でも、何か間違うことがあるのだ）

　そう思っていた。

　大した荷物もない。伴の者とてない。ほとんど身ひとつのようなものだった。出立の準備もあっという間だ。ただし、坂本に戻っても、のんびりは出来ない。西国で毛利を攻めている羽柴秀吉の援軍に出るための準備にかかることになる。大きな戦だから、お抱えの陰陽師も大半は伴をすることになる。しかし、方位、吉凶が専門の雅博は、留守居となるかもしれないし、伴になっても、戦場でお召しになることは、これまでもあまりなかった。

　ぼんやりしていると、耳元で名前を呼ばれた。はっと気づくと、藤田伝五の顔がすぐ傍にあった。明智の重臣で、腹心といっていい。

「殿から、内密に下知があった。これより先、殿の傍らにつき従い、片時も離れることはならぬ」

　そのような命令は、これまでに受けたことがなかった。不安を感じながら、雅博は降り続く雨を眺めていた。

五月二十日備中高松

　出来たばかりの堤の上に立つと、高松の城は思いのほか近くに見えた。清水宗治が守る毛利方の最前線であり、背後の幸山城には毛利本軍を率いる輝元がいた。官兵衛は、城からの鉄砲の弾丸は届かないと断言したが、文宣はそれでも不安だった。すでに梅雨入りし、目前の低湿地は水田同様に水をたたえている。やがては、舟で行き来するようになるはずだった。しかし、いまこの時は、曇天ながら雨は降っていない。

「お始めなされ」

　護衛につけられた鉄砲衆が、文宣を催促した。さっさと役目を終わらせたいのだろう。このあと、直会で振舞われる酒のことに、気がいっているのかもしれなかった。きわめて簡略化した、というより形ばかりの地鎮の祭を執り行う。こちらは手始め。大事なのは、その後だった。

文宣は堤の下をふり返った。尾張の百姓と官兵衛が、馬廻りを従えて立っている。官兵衛が促すように、ひとつ頷いた。文宣は祭文を唱え始めた。

雨乞いの祈禱を続けながら、文宣は家伝の指南書に記してあった、雨雪を降らせる術のくだりを思い出していた。

(寮の陰陽師なら、出来るのだろうか)

指南書によれば、自分の立っている場所ほどの広さであれば、雨雪を自在に降らせることが出来るとあった。その呪文もそれを唱える手順も、そこには記してあった。しかし、文宣自身はもちろんのこと、彼の知る陰陽師の誰にも、その術を使える者はいなかった。

かつて、織田の殿様が、暦に不具合がある、どうしたことかと、内々に配下の陰陽師たちにご下問になったことがあった。そのときに、京と三島にふたつの暦ありと答えて、羽柴筑前の面目をほどこしたのが、文宣だった。

(学識では誰にも負けぬ。まして、尾張の百姓に何が分かる)

そう自負しているにもかかわらず、式神に祈り、雨を願うことしか、いまの自分には出来ない。文宣は一心に祈った。

頰に雨粒が落ちた。

傍らの鉄砲衆が「ほうっ」と感心したように言った。

「よくやった。文宣」

堤の下から、尾張の百姓の声が聞こえた。

羽柴筑前は文宣に労いの言葉をかけると、すぐ隣りの官兵衛に小声で言った。

「乞うてみるもの、願うてみるもの、だの」

「梅雨ですから、しばらくは降り続きましょう」

「あとは、ゆるりと待てば良い。さて、毛利はどう出るかの」

五月二十五日坂本城

殿は何を思い詰めておられるのだろう?

小野雅博の心配の種は尽きない。馬を与えられ、下知のとおり、坂本への道中、殿のすぐ後ろにつき従った。殿は口をきかず、人を近づけなかった。そして、その間、休むたびにご下問があった。それは、坂本の城に着いてからも続いた。

「大事を成すに時は良いか」

「事を成すにあたって、妨げとなるものは、在りや。在るとすれば、いずこの方角に在りや」

「事を成すにあたって、力となるものは、在りや。在るとすれば、いずこの方角に在りや」

「我に天運在りや」

雲をつかむような問いばかりで、占うにしても、難しい。おまけに、答えても、殿は無言で聞いているだけだ。ただ一度「戦場（いくさば）に赴くのに、方違えは必要か」と訊ねられたときに、易をたて「西方は凶。一度東に向かうが吉」と答えると、「そうか」と言って、うなずいた。それ以外は、黙っている。しかも、いくつかの同じ問いをくり返すようになった。

雅博は隣りの間に控えながら、いま殿が密かに会っている者に注意を払っている。針のような眼をした赤ら顔の小男で、身なりはお世辞にも立派とは言えず、むしろ汚れてむさくるしい。雅博の注意を引いたのは、安土にいたときも男がやって来ていたからだった。

（殿が使っている草の者だろうか？）

そういう者がいるということは聞いていたが、会ったこともなければ、どういう人間なのか考えたこともなかった。

密談の声は低く、広い部屋の中央で話し込んでいるので、雅博には聞き取れない。

五月二十五日備中高松

殿はなぜ突然焦り始めたのだろう?

文宣を待つ間にも、官兵衛は考え続けた。

昨日の午前(ひるまえ)から雨が途絶えた。それまで梅雨の雨が続き、水位は順調に上がっていた。今日も朝から雨は降らない。それでも水位にさしたる変わりはなかった。水攻めは功を奏していると言えた。毛利方の水軍のいくつかを調略で切り崩しており、そのため、高松城はもちろん、本軍への兵糧(ひょうろう)や武器の調達も滞(とどこお)っているという知らせが入っている。

(あとは、向こうが音を上げるのを、待てば良いではないか)

しかし、二日続いて雨が降らないとなると、殿は雨乞いをするよう命じた。

(水攻め、兵糧攻めというのは、ゆっくり戦うものだ。それは殿もご存じのはず)

官兵衛には、ひとつ心当たりがあった。数日前に、長谷川の使いという男が、殿に目通りしていた。針のような眼をした赤ら顔の小男で、これまでにも何度か使いに来ている。長谷川宗仁は信長の側近。武田(たけだ)勝頼(かつより)の首を京に晒した男だ。

(あの者が、殿に何かを告げた。だが、いったい何を告げたのだろう?)

そこまで思案したとき、文宣がやって来た。官兵衛は殿が雨乞いを命じていると伝えた。

五月二十五日高松城

清水宗治の面前で、三人の修験者が祈禱している。三人とも昨日から一睡もしていなかった。雲払いの祈禱で雨を降らせぬように祈っている。

(ひとりの祈禱では無理でも、三人で祈れば、雨を止めることは出来よう)

宗治自身も祈るようにして考えていた。

(一本の矢は折れても、三本の矢は折れぬ。三触致矢(さんふれっちえ)は毛利の教えではないか)

しかし、雨が降らないだけで、増した水嵩(みずかさ)が減る気配もない。修験僧たちの祈禱の声が続いた。

五月二十五日備中高松

「殿、お急ぎになられる、どのような訳がございます。この官兵衛には分かり申さぬ」

「早く落とすに越したことはない。文宣ひとりで埒が明かぬから、陰陽師を集めよと言っているだけじゃ。彼奴に出来ぬだけで、自在に雨を降らせる術があるのであろう?」

「右から左に、陰陽師を集めることなど、無理でござる。それに、文宣に出来ぬものが、そこらの陰陽師に出来るとも思えませぬ。そもそも、雨を降らせられると申しても、自ら立っている場所あたりだけとのこと。いったい、いくたりの陰陽師が必要になりましょう」

「必要なだけ集めれば良かろう。官兵衛、出来るのか出来ぬのか。出来ぬなら小六にやらせるまで」

官兵衛はため息をついた。

(これでは、そこらの暗愚と変わらぬ)

五月二十六日丹波亀山城下

赤ら顔の小男が、亀山城を後にしていた。

(惟任自身迷っていて、決することが出来ずにいる)

街道に出たところで、男は立ち止まり考えた。

（このまま安土に戻るか。それとも、不確かなりに筑前の耳に入れておく方が良いか）

日ごろ、あまり迷うということのないこの男にしては、考慮に時間がかかった。

男は街道を西へ、備中に向かって走った。

五月二十六日備中高松

午前（ひるまえ）には、布令（ふれ）を聞きつけた自称陰陽師たちが、羽柴筑前のもとに参陣し始めていた。

その数は続々と増えていった。陰陽師たちは、すぐに堤に集められて、雨を降らせるよう命じられた。

「褒美の銭は？」

「雨が降ったら渡す」

そういう問答があちこちで聞こえた。銅銭一枚と升二杯の米が日当として与えられるという話だった。まず一之宮（いちのみや）の吉備津（きびつ）神社に人を求め、それ以外の神社修験寺からも人を出させた。街道の旅籠（はたご）や寺社はもちろん、街道をはずれた山小屋や廃社寺にも、布令書が貼られた。

集まった陰陽師たち——その中には修験僧も混じっていた——は、そんなことは出来ぬと不平を言う者、すぐさま加持祈禱を始める者、周囲を見回しては、もっともらしそうな者の真似をする者など、様々だった。夕刻には、怪し気な男たちで、堤の上はいっぱいになった。篝火（かがりび）が焚かれ、勤行（ごんぎょう）は続けられた。そのうちに、中にいた数名の、幾ばくかの心得のある者が音頭をとって、簡単な呪文を居並ぶ面々で唱えるようになった。

「本当に、これで良いのだろうか」

　小六が不安そうな小声で官兵衛に訊ねた。

「殿が満足ならば、それでよろしかろう」

　官兵衛は憮然とした表情を隠さない。

「殿はこれでも足りぬと言っておられる。雨が降らぬことには、収まりがつかぬ」

「こんな怪し気な騙り派を集めて、雨を降らせるなど、痴の沙汰（おこのさた）。なにゆえ、そこまで急がれるのか……」

「実は官兵衛……困っているのだ。予定より集まった陰陽師が多すぎる。これでは渡す銅銭が足りぬようになる」

　官兵衛はしばし考えてから言った。

「陰陽師たちをふたつに分けるのが、よろしいのでは。特段の修行を積んでいる者には、銅銭と米二升（ふたます）を与え、それ以外の者には小さめの升に三杯の米を与えるとしては、如何（いかが）か」

「どうやって、特段の修行を積んだと見分ける？」

「このあたりに、特段の修行を積んだ陰陽師など、いるはずがござらぬ」

小六は感心したように声をあげた。

「官兵衛は値切るのが上手いものだなあ」

五月二十七日愛宕神社

明智の殿様が、また、籤を引いた。後ろで控えている雅博は、内心穏やかではない。

（なぜ、易は私に任せてもらえぬ。若狭の村に隠れ臥していたのを、まがりなりにも乞われた身のはず）

籤を引き、首を振ってはため息をつき、考え込む。どのような卦が出たか、人には見せない。太郎坊天狗が見下ろす前で、光秀は、またも籤を引いた。

五月二十七日備中高松

堤はかなり離れているにもかかわらず、勤行の声が地鳴りのように響いている。

(何をやっているのだ?)

針のような眼をした赤ら顔の小男は、それが雨乞いの祈禱だと気づくと、眉をひそめた。夕暮れとはいえ、夏のこととて、まだ空は明るい。だが、西に黒い雲があり、雨の匂いを感じる。

(雨が近い)

この季節に、わざわざ大がかりな雨乞いをするというのが、分からない。放っておいても雨は降る。

羽柴陣に近づいて、男はさらに驚いた。大勢の男たちが、羽柴陣を取り巻いている。よく見ると、取り巻いているのではなく、行列を作っているのだった。

「なんの列なんだ」

近づいて、見知らぬ男に訊ねた。

「雨乞いの出来る陰陽師を集めているんだ。銅銭がもらえる」

思い当たることがあった。ここに来る途中で、募集の布令書を見ていた。（雨乞いだと。筑前様は何をしている。黒田様がついておられながら、何をしておいでだ）

ここにいては埒があかない。赤ら顔の男は、秀吉の居場所を求めて、馬廻りの姿を探した。その時、雨粒が男の頰を打った。雨が降り始めたのだ。

五月二十七日愛宕山

隣室で殿の呟く声が聞こえる。明日は客人を招いて連歌を巻くので、そのことを考えているのかと、雅博は思っていた。呟きの中身までは雅博には聞こえていない。

「柴田に佐々、前田、佐久間は越中。羽柴は備中、滝川は上野、森は信濃、徳川は堺だが手勢がいない。あとは、丹後に長岡、山城に筒井、摂津に池田と高山、それと丹羽か……」

五月二十七日備中高松

深夜に到って、雨はいっそう激しくなった。

官兵衛に伴われて、文宣は筑前の前に伺候(しこう)した。東へ出陣するにあたって、方違えは要るかという下問だった。文宣は黙って卦を立てはじめたが、いったい、誰と戦をするのだろうと考えていた。毛利を攻めたのちは、さらに西へ進軍するものとばかり思っていたのだ。

「確かな話なのでしょうな」

官兵衛が、不審さを隠さずに言った。

「彼奴(あやつ)は人の心が読める」

毫(ごう)も疑っていないかのようだった。あの赤ら顔の小男を、そこまで買っているのかと、官兵衛は驚いた。陰陽師かとも思ったが、陰陽術を以てしても、人の心を読むなどとは聞いたことがない。しからば、サトリ物の怪(もののけ)の類か。

(惟任謀反とは、にわかには信じがたい)

しかしながら、明智がゆえに、ありそうだとも思えた。荒木村重(あらきむらしげ)逆心の例もある。官兵衛には忘れることの出来ぬ事件だ。

「これは千載一遇の好機ぞ」

羽柴筑前に不安の色はなく、むしろ上機嫌に見えた。

「毛利に気取られぬことが、何より肝要。儂（わし）の影武者をたてるのを怠（おこた）るな。談判は、官兵衛、お主に任せる。清水長左（ちょうざ）の腹ひとつで収めぬかと、かけあっている」

「東方に凶兆はございません」

易を終えた文宣が言った。

「よし。すぐに発つ。小六を呼べ。出立は隊を多くに分け、静かに行う。絶対に毛利に気づかれてはならぬ」

「文宣も支度せよ。殿につき従うのだ。これよりは蜂須賀殿の命に従え」

五月晦日（みそか）本能寺

織田信長は、自らの西国出陣を、諸将に布令た。しかし、本能寺に伴った手勢は数百にすぎなかった。

五月晦日姫路城

午前には、全軍一万五千が姫路城に入った。騎乗の筑前守は、すでに前夜遅くに着到している。小雨が降り続いていた。文官も早暁に城に入り、眠るよう言われた。今夜は徹して歩くことになると。身体じゅうが濡れそぼっている。疲れ果て、どこまで行くのか、不安になっていた。城の蔵から出したと思われる、金子や兵糧が配られた。先の道中が長いことを指しているように思われた。摂津のどこかか。あるいは京まで行くか。まさか安土まで行くことは、あるまい。

どこの誰との戦になるのかも分からぬままの、雨中深夜の行軍であった。

(闇雲とはこのことだな)

六月一日本能寺

温泉印は凶兆を誰にも告げられずにいた。ただでさえ供回りの者が少ない上に、茶会の準備で皆忙しい。

六月一日長谷川宗仁屋敷

「針はどこや。誰ぞ知らんかぁ」

正装に着替え、いまにも外出という風情の主は、しかし、家中の者にてきぱきと指示を与えるのに余念がなかった。

「鶴吉、何をしてんねや。……はい、はい。今の、ここは大鞠家かって、突っ込むとこでしょ。細かいとこに、手ぇ抜いたらあきまへん。あ、これ。佐吉はん。その荷ぃは茶器でおます。大事に背負てもらわなあきまへん。殿の茶会で粗相があったら、首飛びますよ。ええのんか、首飛んで。針はどこにいてますの？　藤兵衛、あんたどこ行こうとしてますのん。寂光寺はんはお午すぎでかめしまへん。それより、針見なんだか。……もう、あの役立たずが、大事な時にかぎって、居いひん……」

六月一日　尼崎(あまがさき)

　朝のうちに陣が張られた。兵の半数が着き次第、先着した者は京へ向かうということと、京着到まで休みがないことが告げられた。

（やはり京まで行くのか）

　文宣は兵糧丸(ひょうろうがん)を口にしながら、考えていた。

（しかし、京で誰と戦うのだろう。三好(みよし)の一派はとうに放逐(ほうちく)されている。畿内(きない)に敵はいないはず。足利(あしかが)将軍でさえ、瀬戸内の鞆(とも)に逃げだしている。となると……謀反か。数年前に荒木摂津守(せっつのかみ)が謀反を起こして有岡城に籠(こも)ったことがあった。確か、その時に捕らえられた黒田様と摂津守のことを書いた書物が、売れに売れたはず。……では、京で誰かが挙兵したのか？　このあたりにいそうな武将は誰だろう。明智、高山、筒井、長岡、池田……。誰もが織田の重臣であり、謀反を起こすとは思えなかった。そもそも……）

　そのとき、文宣は大変なことに気がついた。

（尾張の百姓は、謀反人を討つ心づもりなのか、それとも謀反に加担する算段なのか？　いや、京に向かっているこの軍勢こそが、反徒なのではないのか？）

雨のためではなく、自分の考えの恐ろしさに、文宣の身体は震え始めていた。

六月一日山陰道

無言の行軍が続いていた。亀山城を出てから、殿は一言も口をきかない。安土を出てこの方、ずっと気にかけていた事の吉凶を、まったく訊ねなくなっていた。

(心を決められたためだろうか)

雅博は光秀の後姿を、じっと見ている。

六月一日本能寺

温泉印(おんぜいいん)は、夜も遅くになって、ようやく織田の殿様の傍らに伺うことを許された。茶会は盛況のうちに終わり、宴席もお開きとなっていた。殿様は寂光寺の和尚(おしょう)に碁(ご)を打たせ、それを見物していた。相手は温泉印の知らない男だった。

「殿」

温泉印は小さく声をかけた。しかし、気づく気配がない。酒の満ちている手にした盃さえ、口をつけようとしなかった。

「殿、温泉印にございます」

もう一度言うと、うるさそうな唸り声が返ってきた。

「西の方角に凶兆がございます。魔除けの梅も折れて……」

殿様の目は盤面に釘付けだった。少々心得のある温泉印は、盤上の烏鷺（うろ）の配置を眺めた。劫（こう）がふたつ出来ている。

（二か所で劫の取り合いか。それは面白かろう……いや）

気づいた瞬間、着手され、三つ目の劫が出来ていた。

「おおっ」

殿が声をあげ、盃の酒を口に含んだ。

「西の方角でございます。お気をつけて」

殿はうるさそうに手を振る。温泉印はそれだけ言うと下がった。

六月一日沓掛

夜も更けたころ、沓掛で行軍は一休みとなった。闇夜で方向も定かにならない。雑兵仲間が話しているのが、雅博の耳に入って来た。

「時次郎。お前このあたりの出ではなかったか。どっちに行けば、どこに出るのじゃ。暗くてさっぱり分からぬ」

「ここを左に行けば京に入る。右に行けば摂州じゃ」

その時、殿の下知の声が響いた。

「これより、一度京に入る。織田の殿様に閲兵いただいたのち、備中へ進軍する」

六月一日淀川河岸

深夜、淀川の風を受けながら、羽柴軍は歩む。

六月一日　桂川河岸

雅博は殿の下知に驚いた。

足軽の草鞋を替え、銃の火縄を一尺五寸にして火をつけさせたのだ。いまにも戦を始めんばかりだ。

(閲兵ではないのか?)

「易は本能寺にありと告ぐ」

光秀は、そこで間をおいて、すぐに下知を続けた。

「桂川を渡ったら、各々本能寺を急ぎ目指せ。声を出すべからず。旗指物は掲ぐべからず」

本能寺は織田の殿様の宿所。そんなことは、雅博でさえ知っている。

(殿は謀反を起こす気なのか?)

にわかには信じがたいことだった。

六月一日山崎

先触れもなく、深夜に大軍が現われたので、山崎宿はちょっとした騒ぎになった。しかし、いざ軍勢が入ると、息を殺して通りすぎるのを待った。

「総金の旗指物は、羽柴筑前様の軍勢」

「京へ向かわれたある」

囁き声が行き交う。

馬上の筑前は、手ごたえを感じていた。

(京で事を起こせば、まず、西の備えに、山崎は一番に押さえねばならぬ場所。そこに手がついておらぬということは、間に合ったぞ)

その行軍を、針のような眼をした赤ら顔の小男が、山城の側から見つめていた。

(早い。筑前は備中にいたはず。こんなに早く戻るとは)

何が起きて、これから何が起きようとしているのか、瞬時に悟った。

(ここは、変わり目だ)

背すじに一滴汗が流れた。重大な何かを感知したとき、必ず感じる汗だった。惟任の心の底を探ろうとして、ついに一度も感じることのなかった、あの感覚がいま、そこにあった。

男は軍勢に先んじて、京へ向かって駆け出した。

（西洋かるたの先制攻撃（プリエンプティブ）のようだ。少し筑前をあなどっていたかもしれぬ）

六月二日本能寺

明智の先陣が桂川を渡りきったころに白みはじめた空は、本能寺を取り囲んだときには、すっかり明るくなっていた。桔梗（ききょう）の旗指物が掲げられる。

早暁の京大路を、針のような眼をした赤ら顔の小男は駆けに駆けた。一散に本能寺を目指す。しかし、そこはすでに明智の軍勢に囲まれていた。見知った顔を探す。馬上の藤田伝五を男は見つけた。

本能寺の中では、小姓（こしょう）の森が、殿の寝所に駆け込んでいた。

「殿。軍勢に取り巻かれています」

信長は、意外なほど落ちついていた。

「誰だ」

「桔梗の旗指物。明智様と思われます」

「十兵衛（じゅうべえ）か。是非に及ばず。弓を持て」

光秀が最後の下知を下そうとした刹那、顔めがけて礫（つぶて）が飛んできた。咄嗟（とっさ）に左手で受け止める。飛んできた先を見ると、足軽に混じって、赤ら顔の小男が、細い眼を凝らして、じっと光秀を見つめていた。礫には、紙が巻いてある。光秀は開いてみた。

「羽柴勢弐萬（にまん）山城国着到」

声も出なかった。

（筑前がすぐそこにだと？）

判断は一瞬のことだった。光秀は叫んでいた。

「羽柴筑前謀反の報せを受け、明智十兵衛、殿をお守りに馳せ参じつかまつった。殿は御無事か。筑前めは、いずこにありや」

そして、使者をひとり本能寺の中に遣わした。

先鋒の羽柴秀長（ひでなが）が、本能寺を囲む明智勢を発見した。秀吉は、その明智勢をさらに取り囲むように、兵を展開した。

「逆賊明智日向守（ひゅうがのかみ）。この羽柴筑前が来たからには、殿には指一本触れさせぬ。もはや謀反は叶わぬ。神妙に下るがよい」

片肌を脱ぎ、弓を手にした信長の面前では、ふたりの使者が交互に主人の言葉を伝えていた。

殿自らお聞き届け願わねば、とても判断つきかねると、供まわりが匙を投げたのだ。やがて、信長は突然笑いだした。

「十兵衛と猿とで劫の取り合い。昨夜の碁と同じではないか」

互いに逆賊と罵る声が、いつまでも続いた。しかし、一本の矢も放たれることはなかった。

六月二日長谷川宗仁屋敷

「針！　あんた、どこほっつき歩いてましたん。明智様と羽柴様が謀反やねんて。あんた、何も気づきひんかったんかいな」

針のような眼をした赤ら顔の小男は、苦笑を嚙み殺した。どう取り散らかったのか、明智と羽柴の謀反になってしまっている。

「何がおかしおすの。とにかく、これは一刻も早く柴田様にお知らせせんなりまへん。あんた、ちょっと行ってきてくれる？」

（柴田って……おいおい、越中だぞ）

この人の下にいるのも潮時かと、男は思った。それでも、二日で行けるだろうかと考えていた。

六月二日本能寺

「よいな。大そう大事な会議なのだ」

そう念を押された。

今日一日、何が起こっていたのか、実のところ、温泉印（おんぜいいん）には分かっていなかった。明け方から騒がしく、謀反という言葉が、ひっきりなしに発せられた。戦になるのかと思っていたら、いつまで経っても、そうはならない。ただ、たくさんの人々が、口角泡を飛ばしながら、行き来するばかり。織田の殿様はどれほどお怒りだろうかと、それが心配だった。捨て置かれたようにして一日が終わり、ぼんやりしていると、突然、殿のお召しがあった。

開口一番。

「大事な会議を早々に開く。不正や誤りがあってはならぬ会議だ。吉となる時と場所を占え」

「会議ですか？」

「そうだ。それも、出来るだけ速やかにだ」

言われるがままに、占いを始めた。会議の場の吉凶など、米二升(ふたます)の巻物には書いていなかった。それでも、使えそうな部分を必死で思い出そうとした。

「最初の吉日は、今月の二十日あまり七日。次は、翌三日になります。方角は寅卯(とらう)。ただし、近すぎるは凶とあります」

寅卯は、東やや北方。殿の広げた地図を、温泉印は見やった。

「清須(きよす)のお城あたりが吉かと」

「清須だな。あい分かった」

清須会議

天正十年六月二十七日に清須城で行われた会議。本能寺の変で謀反を企てたのが、明智光秀か羽柴秀吉かを、双方の言い分を聞いた上で決するために開かれた。……会議は紛糾し、決着がつかず、「会議は踊る」という言葉さえ生まれた。また、直後に織田信長が病死したために、真相は分からないままとなった。……会議の結果、明智、羽柴ともに、疑われたままとなり、そのことが、のちの羽柴離反、明智冷遇の遠因となった。……

日の本大百科事典（エンサイクロペディア・ヒノモテイカ）　第十三版

あとがき——蛇の後足

『明智卿死体検分』は、二〇一五年の暮に書き始め、第四章の途中で中断していたものを、二〇二一年の九月に執筆再開した。その後、『短編ミステリの二百年』第六巻の仕上げをするため、再度中断し、二〇二二年に入ってから、三か月ほどで最後まで書き上げた。四百字詰め原稿用紙に換算すると三百枚弱になる。一冊にするには、いささか短かいものだが、本能寺の変を素材にした短篇の腹案があり、それをつければ一冊になるという思惑だった。そして、実際にそうなった。

完成した原稿は、東京創元社の編集者である古市怜子さんに預けた。以前、ダーシー卿ものの刊行を検討したことがあると、聞いていたからだ。数年前にチェスタトンの短篇集の解説を、彼女から依頼されたことがあって、面識があった。幸いなことに気に入ってもらえたようで、また、短篇併載のアイデアにも乗ってくれた。「天正十年六月一日の陰陽師たち」は、最初の構想を膨らませながら、六月に三週間ほどで書いた。その後、企画会議も通り、本にすることが出来たのは、幸運の一語につきる。

本書のはじめにも書いたとおり、この小説は、ランドル・ギャレットのダーシー卿のシリーズから着想を得ている。そもそもの発端は『魔術師を探せ！』に入っている「シェルブールの呪い」に出てくる「ジャコビィ移転法」（風見潤訳）という魔術だった。新訳版の公手成幸訳では「ヤコビー転写法」と訳されているものだ。原文はJacoby Transfer。これはオズワルド・ジャコビーというアメリカ人が考案した、コントラクトブリッジのたいへんポピュラーなテクニック（正確に言えば、ビッドの際に使うコンベンション）で、日本でもブリッジをやる人なら十人中九人以上は使っているというものだ。ジャコビー・トランスファーと言えば通じる。ついでに書いておくと、オズワルド・ジャコビーは、カードゲームの研究家でもあって、都筑道夫の『七十五羽の烏』の第一章に、カードの家の作り方の解説が収められた本の編者のひとりとして名前が出てくる。話を戻すと、そういうちょっとした遊びが入っているわけで、中篇「ナポリ急行」を引くまでもなく、日本での受け取られ方よりも、くだけたシリーズなのだと思う。ただし、コントラクトブリッジは、日本ではポピュラーではないので、説明が難しい。そう考えているうちに、たとえば、雪崩を起こす魔術に大ナダレ定石という名前がついているようなものだと思いついた。そこから、雪でいっぱいになった四阿で人が死んでいるという場面をイメージするのに、たいして時間はかからない。日本にトランスファーするとしたら、魔術ではなく陰陽術であろう、ダーシー卿のカウンターパートは刑部卿であろう……と考えていき、あとは、それこそ雪の玉をころがして雪だるまを作るような感じで、組み立てていった。
「天正十年六月一日の陰陽師たち」は、『明智卿死体検分』の構想をたてている段階で、思いついた。謎解きの要素はなく、ミステリかどうかも怪しい。また、ここを境に現実の歴史から枝分かれしたというものでもない。ふざけた話と思っていただければ幸いである。なにしろ、この前の仕事が、短篇ミステリの歴史を全六巻でたどるという重苦しいものだったので、軽く軽くいきたい気持ちはあった。克明に史実を追っていく長大な『天皇の世紀』を書き続けるうちに、ふと、ここらで鞍馬天狗を出してみようかと考えたという大佛次郎の気持ちも、分かろうというものだ。なお、この短篇には、山田風太郎のエッセイ「秀吉はいつ知ったか」が影を落としていることは間違いない。

　先に書いたように、具体的に本の形にするにあたっては、東京創元社の古市怜子さんに御世話になった。本格ミステリ大賞と日本推理作家協会賞の評論・研究部門受賞第一作を小説にするという、私のささやかな野心を叶えていただいた、その素早い仕事ぶりに感謝している。

　今回の文庫化にあたって、手を入れた部分はわずかであり、その点で、とりたてて触れておきたいことはないのだが、ひとつだけお知らせしておくべきことがある。天晴の衣装の表現を、ケープとマントからは、袖なし外套（クローケ）とケープに変えている。これは天晴の着ているものを変えたのではなくて、より正確な描写と、正確な作品世界の在りようを求めた結果だ。しかし、それだけのために、一度単行本で買ったものを、再度文庫で買ってくれと言う気はないし、さりとて、単行本での読者を置き去りにするのは心苦しい。この補遺を書店で立ち読みすることで、了解していただければ幸いである。

本書を書くにあたっては、フィクション、ノンフィクションを問わず、多くの先行書を参考、参照、利用しているが、とくに具体的に参考とさせていただいた本を以下に記して感謝したい。

川合章子『陰陽師の解剖図鑑』エクスナレッジ
京樂真帆子『牛車で行こう！　平安貴族と乗り物文化』吉川弘文館
黒田基樹『戦国大名　政策・統治・戦争』平凡社新書
黒田基樹『戦国大名の危機管理』角川ソフィア文庫
笹間良彦『図説　日本戦陣作法事典』角川ソフィア文庫
谷口研語『明智光秀　浪人出身の外様大名の実像』洋泉社歴史新書y
光成準治『本能寺前夜　西国をめぐる攻防』角川選書
盛本昌広『本能寺の変　史実の再検証』東京堂出版
現代思想二〇二一年五月臨時増刊号「陰陽道・修験道を考える」青土社

小森　収

殺人と陰陽術

大森望

タイトルロールにしてわれらが探偵役は、織田家に仕える権刑部卿・明智小壱郎光秀。陰陽師・安倍天晴をワトスン役に、皇室の御料所にある蒲生邸で起きた、不可解な〝雪密室〟の謎に挑む。

——というわけで、本書『明智卿死体検分』は、西洋魔術と陰陽術が共存する（その分、科学技術の進歩が著しく遅れている）もうひとつの現代日本を舞台にした、ユーモアたっぷりの本格ミステリ×ファンタジー長編。いわゆる特殊設定ミステリとしても、改変歴史SFとしてもたいへんよく考えられているうえに、思わず口もとがゆるむようなくすぐりが随所にちりばめられていて、読書の楽しみを存分に味わわせてくれる。まさに紳士淑女のエンターテインメントというところだろうか。表題の書き下ろし長編に、〝もうひとつの本能寺の変〟を描く同じく書き下ろしの短編「天正十年六月一日の陰陽師たち」を併録し、二〇二二年十二月、東京創元社から刊行された。本書はその文庫版ということになる。小森収の小説作品としては、『終(つい)の棲家(すみか)は海に臨んで』（二〇〇三年）、『土曜日の子ども』（二〇一四年）に続く三冊目の著書にあたる。

もっとも、創元推理文庫の読者にとって、小森収と言えば、前代未聞の大作『短編ミステリの二百年』全六巻（二〇一九～二〇二一年）の編者としてのほうが馴染(なじ)み深いだろう。アンソロジー＋評論というスタイルで翻訳ミステリ短編の通史を圧縮・俯瞰したこの企画は圧倒的な好評を博し、第75回日本推理作家協会賞および第22回本格ミステリ大賞（ともに評論・研究部門）を受賞した。前者の選考委員をつとめた法月綸太郎(のりづきりんたろう)は、〈翻訳ミステリ短編の通史を記述するという偉業をなし遂げた労作で、先行する乱歩編のアンソロジーより扱う範囲は広い。ディテクションの小説とクライムストーリイの拮抗(きっこう)を縦軸に、雑誌マーケットの盛衰を横軸に配し、夥(おびただ)しい数の作家・作品を論じていく途方もない作業は「翻訳ミステリ短編が輝いていた時代」へのレクイエムのようだ〉と選評に記している。

この壮大な企画でミステリ賞二冠を獲得したのち、両賞の受賞後第一作として刊行されたのが本書。まさか小説で来るとは――というサプライズは著者の狙いだったらしいが（本書あとがき参照）、そういう茶目(ちゃめ)っけは、この小説にも横溢している。

物語の舞台は、冒頭の「作者敬白」に明記されているとおり、魔術が実在し、英仏帝国とポーランド王国が覇を競うもうひとつの欧州を舞台にしたランドル・ギャレット《ダーシー卿》シリーズと同一の時間線上にある現代の日本。

ギャレットによる《ダーシー卿》シリーズは、短編十編（一九六四年〜一九七九年）と長編『魔術師が多すぎる』から成り、初期の短編三編は日本では『魔術師を探せ！』にまとめられている（本書の英題 *Find the Onmyojis* は、おそらくこの日本語タイトルが下敷き）。このシリーズでは、英仏にまたがるアンジュー帝国の第二代国王にあたるリチャード一世（獅子心王）が一一九九年に受けた矢傷から奇跡的に恢復し（史実では死亡）、それから八百年にわたり、プランタジネット一族が君臨する英仏帝国の礎（いしずえ）を築く。作中の現在は、作品が発表された当時に設定されているが、科学のかわりに魔術が発達したため、テレビやコンピュータはもちろん、ラジオも無線もなく、遠隔地との即時通信はテレソン（teleson）と呼ばれる有線電信が頼り（海を越えられないので、英仏海峡をまたぐことは不可能）。魔術的な部品を利用した電灯が一部に使われているものの、照明はガス灯が中心だし、交通手段は、ようやく蒸気鉄道の営業が始まったばかりで、もっぱら馬車が使われている。つまり、一九六〇年代なのに、シャーロック・ホームズが活躍した一九世紀末の（現実の）ヴィクトリア朝ロンドンとあまり変わらない技術レベルなのである。もともと（ハードＳＦ寄りの）ＳＦ小説誌 *Analog* に発表されたこともあり、魔術の設定はかなり理屈っぽい。『魔術師が多すぎる』の解説を書いた都筑道夫（つづきみちお）は、ＳＦでもあり、なおかつ本格推理小説でもある作品を書くことがいかに困難であるかを分析したうえで、先行作がほとんどない〝ＳＦ本格推理小説〟長編の野心作として、同書を高く評価している。

主人公のダーシー卿はノルマンディ公リチャードに仕える主任犯罪捜査官。主任法廷魔術師のマスター・ショーン（上級魔術師）とコンビを組んで事件を捜査する——と書けば、本書の主役の人物配置も、おおむね《ダーシー卿》を下敷きにしていることがわかるだろう。《ダーシー卿》にならって、『明智卿死体検分』作中の時代設定も現代、すなわち本書単行本が刊行された二〇二二年ごろ（令和ならぬ〝零和〟の時代らしい）。《ダーシー卿》の時代から四、五十年経っているが、明智卿は〈数年前、英仏帝国の刑部省の視察に派遣され〉て、老齢のダーシー卿その人に（およびマスター・ショーンにも）会ったことがあるというから、二人はずいぶん長生きだったようだ。

さて、その『明智卿死体検分』の〝日の本〟では、四百年前、針迫弾が具申した〝天下三分の計〟が実現し、織田・羽柴・徳川の三家による交代支配が確立している。主人公の越前守明智小壱郎光秀は、織田家の家臣。刑部卿（現在の司法省にあたる刑部省の長官）の要職にあるが、作中の現在では織田家ではなく徳川家が将軍職にあるため、正規の刑部卿は、徳川家に仕える法水卿がつとめ、明智は権刑部卿を名乗っている（羽柴の刑部卿は金田一卿）。

織田家の家臣の明智光秀と言えば、歴史的にはもちろん本能寺の変でおなじみの戦国武将だが、名探偵の明智と言えば、江戸川乱歩描く明智小五郎。本書の明智卿は、日本の二大明智を合体させる趣向でもある。さらに越前守なので、南町奉行・大岡忠相もかなりまざっていて、明智卿はときどき、テレビドラマの大岡越前が憑依したような口調になる。タッグを組む助手役（マスター・ショーン役）は、ソルボンヌ大学でマスター魔術師の資格を取得し、帰国後、三段で奨励会に編入、一期で卒業して陰陽寮入りを果たした凄腕の陰陽師・安倍天晴。こちらは当然、平安時代の陰陽師・安倍晴明（せいめい）がモデルだろう。

このへんで、事件の概要をもうすこし詳しく説明すると、現場は、名護屋（なごや）から東に数十キロメートルの距離に位置する蒲生の御用邸の四阿（あずまや）。広大な屋敷の一角に位置するその四阿には、なぜかぎっしりと雪が詰まり、その中で正体不明の男が凍死していた。なんらかの術が使われたことは明らかだが、もし邪悪な目的のために術を使えば使用者には修羅の相が現れるため、術を用いて意図的に人を殺せば必ず露見する。では、いったいだれが、なんのために四阿に雪を降らせ、被害者を死に至らしめたのか？

明智卿と安部天晴が捜査を進めるあいだにも、幕府の統合参謀本部に属する調略の達人・本多（ほんだ）大佐、代々、天皇家の筆頭侍従をつとめてきた針一族に連なる蒲生邸付の侍従・針剣山（けんざん）など、各勢力の思惑が入り乱れ、さらに死体の数が増え、〝蒲生邸事件〟はますます不可解な様相を呈してくる。

パラレル日本の設定は細部まで緻密に練り上げられ、《ダーシー卿》への目配（めくば）せとさまざまな楽屋落ちが満載。あとがきにあるとおり、《ダーシー卿》の短編「シェルブールの呪い」（アナログ誌一九六四年九月号）には、コントラクトブリッジのコンベンション（オークションで自分の手札の強さをパートナーに伝えるためのビッド法）のひとつ、ジャコビー・トランスファーが、魔術版のＤＮＡ鑑定法（二つ以上の心臓から血を採ってテストするらしい）として登場する。こういう冗談を日本に移植するとどうなるか——という発想から、囲碁の大ナダレ定石や大斜定石が陰陽術の術名になり、さらにコントラクトブリッジのブラックウッド・コンベンションやテキサス・トランスファー、チェスのシシリアン・ディフェンスなどの用語が導入されている。奨励会に入って三段リーグを勝ち抜き四段にならなければ陰陽寮に入れない（正規の陰陽師を名乗れない）というシステムは、将棋のプロ棋士のシステムからだろう。

　西洋魔術を陰陽術で利用するためには〝術のトランスレイション〟が必要だが、中村正三の変換プログラム、通称〝中村言語〟の登場によって飛躍的に容易になった——というのはコンピュータのプログラミング言語から。中村正三の名前の由来は、ワープロソフトの「松」を開発したプログラマ、中村正三郎だろうか。《ダーシー卿》を日本に移植するという大命題から、主人公や歴史や世界設定はもちろん、細々したディテールにいたるまで、すべて理詰めで導き出されている点が本書の最大の特徴かもしれない。

　天下三分の計を編み出した針迫弾は、ＳＦミステリの大家でもあるアイザック・アシモフのもうひとつの代表作《銀河帝国の興亡》（《ファウンデーション》）シリーズに出てくる不世出の天才数学者にして心理歴史学の創始者、ハリ・セルダンに由来する。セルダンは銀河帝国の滅亡を予見してファウンデーションを創設したが、針迫弾は四百年あまり続く幕府の礎を築いたわけだ。その子孫が針剣山だったり針千本だったりするだけでなく、ノーブル魔術学賞だの、鍛冶の顎十郎だの、沓掛の時次郎だの、どうでもいい小ネタも多数。料理昇降機（ダム・ウェイター）が〝駄目板〟と呼ばれているのはもしや筒井康隆『ロートレック荘事件』への目配せか——などと考えながらページをめくるのがなんとも楽しい。

「さて、みなさん」で始まる名探偵定番の解決シーンも、『明智卿死体検分』になると、「では、此度の蒲生御用邸における一連の殺生について、勅命による権刑部卿として、この明智小壱郎光秀が、吟味の上、沙汰を申しつける」という口上で始まることになる。

　併録の「天正十年六月一日の陰陽師たち」は、〝天下三分の計〟に至る歴史の分岐点を描いた爆笑歴史改編ＳＦ短編。水攻めのために陰陽師を呼んで雨乞いをさせたら陰陽師が集まりすぎてギャラが払えなくなるという珍エピソードが、*Too Many Magicians*（魔術師が多すぎる）をもじった英語タイトル *Too many Onmyojis*（陰陽師が多すぎる）ときれいに重なり、『明智卿死体検分』の前日譚として完璧な仕上がりだ。

　これだけ楽しい小説を読むと、続きはないのか気になるところだが、本書単行本版刊行時に、東京創元社の小説誌〈紙魚の手帖〉９号に掲載されたインタビューで、続編の構想について訊かれた著者は、〈本作で重要な役割を果たした人物・なつめの正体が明らかになるという、次回作の構想があります。おおまかなアウトラインに沿って、登場人物と楽屋落ちのストックを作っているところです。蒲生邸から舞台が動かなかった第一作よりは、動きの多いものになりそうです〉と語っている。明智小壱郎光秀あらため明智小五郎光秀が今度はどんな活躍を見せてくれるのか、完成が待ち遠しい——と書いたら、じつはもう完成していて、二〇二五年四月に創元推理文庫から刊行予定とのこと。タイトルは、『明智卿死人を起す』。ま、まさか、ゾンビもの⁉

版元の内容紹介によれば、「帝の命により、行方不明となった上級陰陽師の捜索にあたるべく堺を訪れた明智卿と安倍天晴。いっぽう、京では老若男女を問わず骸（むくろ）が続いて盗まれていた。堺と京、商（あきない）と政（まつりごと）の中心地でそれぞれおきる奇怪な事件はやがて思わぬ場所で交錯する」——というような筋立てらしい。発売が楽しみだ。